垂柳的水滴聲，幽咽而又淒涼

《河邊》明達婆婆的愚昧迷信；《一隻拖鞋》良叔的老實敦厚；
《銀邊》趙老闆的奸詐與無奈；《陳老夫子》老先生的迂腐及敬業......
在作者筆下淋漓的刻畫，表達了強烈的人道主義情懷

對美好的讚揚、對醜惡的批判、對被扭曲的同情
以樸實而冷雋的筆觸，將獨特的鄉土風情流布於字裡行間

目錄

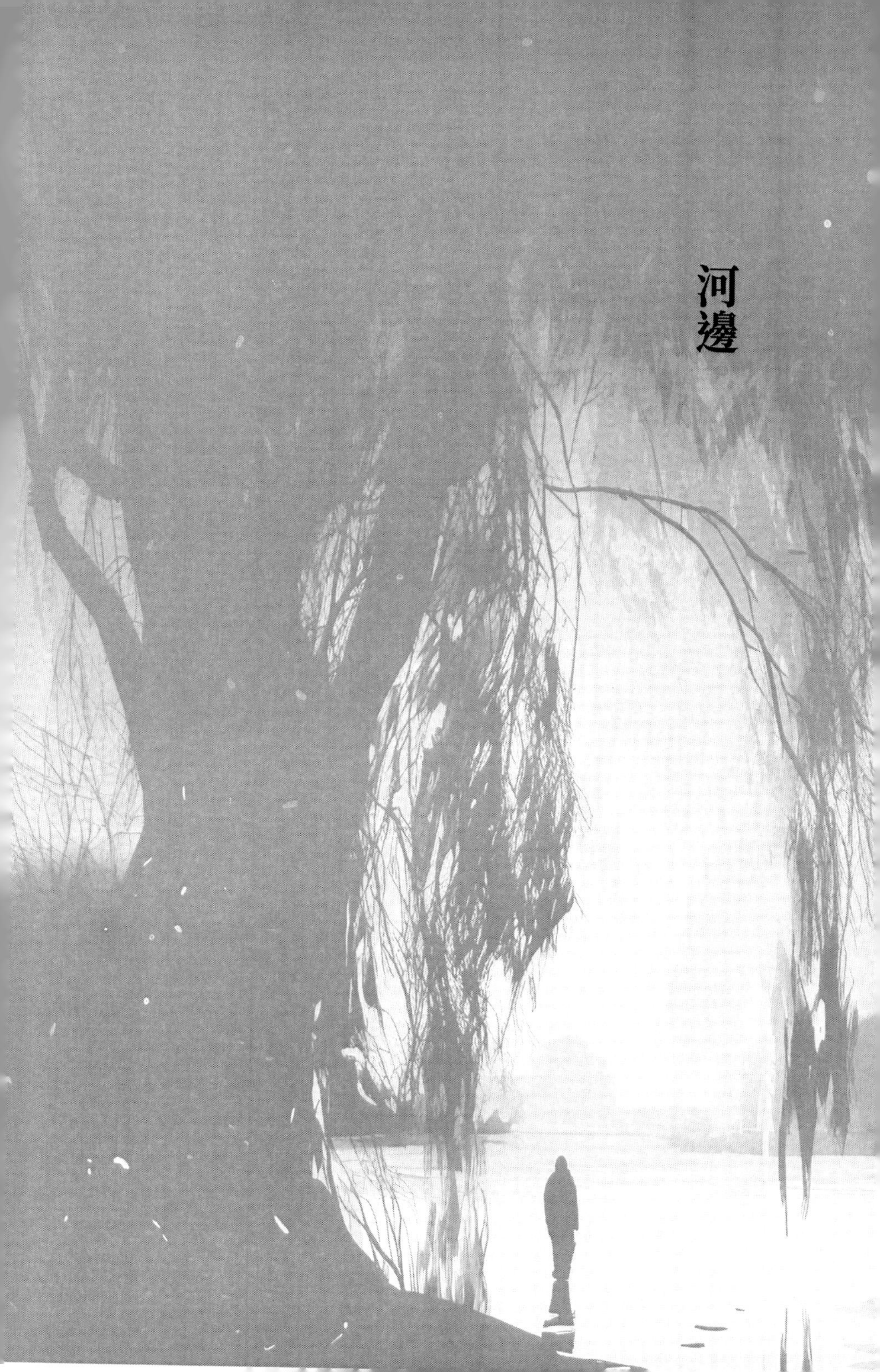

河邊

是憂鬱的暮春。低垂著灰暗陰沉的天空。斜風挾著細雨，一天又一天，連綿著。到處是沉悶的潮溼的氣息和低微的憂鬱的呻吟——屋角裡也是。

「還沒晴嗎？——」

每天每天，明達婆婆總是這樣的問著，時時從床上仰起一點頭來，望著那朝河的窗子。窗子永遠是那樣的慘淡陰暗，不分早晨和黃昏。

tak，tak是檐口的水滴聲，單調而又呆板，緩慢地無休止的響著。

tink，tink……是河邊垂柳的水滴聲，幽咽而又淒涼，慄顫地無窮盡的響著。

厭人的長的時間，期待的時間。

河水又漲了。雖然是細雨呵，這樣日夜下著。山裡的，田間的和屋角的細流全匯合著流入了這小小的河道。皺紋下面的河水在靜默地往上湧著，往上湧著。

「還沒晴嗎？……」

每天每天，明達婆婆總是這樣的問著，彷彿這頃刻間雨就會停止下來似的。她明知道那回答是苦惱的，但她仍抱著極大的希望期待著。她暫時忘記了病著的身體的疼痛和蘊藏在心底的憂愁，她的深陷的灰暗的眼球上閃過了一線明亮活潑的光，她那乾枯的呆笨的口唇在翕動著，微笑幾乎上來了。

但這也只有一霎那。朦朧無光的薄膜立刻掩上她的眼球，口唇又呆笨地鬆弛著。一滴滴的雨聲彷彿敲在她的心上，憂苦的皺紋爬上了她的面部，她的每一支血管和骨髓似乎都給那平靜的河水充塞住了。渾身是痙攣的疼痛。

「這樣的天氣，這樣的天氣……」

她嘆息著，她呻吟著。

天晴了，她會康健；天晴了，她的兒子會來到。她這麼相信著。但是那雨，只是苦惱地飄著，一刻也不停歇。一秒一分，一點一天，已經是半個月了，她期待著。而那希望依然是渺茫的。

有三年不曾回家了，她的唯一的兒子。他還能認得她嗎，當他回到家裡的時候？她已是這樣的衰老，這樣的消瘦。誰能曉得，她在這世上，還有多少時日呢？風中之燭呵，她是。

然而無論怎樣，她得見到他，必須見到他。那是不能瞑目的，倘若在他來到之前，她就離開了這人間。她把他養大，是受了夠多的辛苦的。她的一生的心血全

在他身上。而現在，她的責任還沒有完。她必須幫他娶一個媳婦。雖然他已經會賺錢了，但也得靠她節省、靠她儲蓄。幸福嗎？辛苦一生，把他養大，看他結婚生孩子，她就夠了。但是現在，這願望還沒完成，她要活下去。

什麼時候能夠恢復健康呢？天晴了，就會爬起來的。而那時，她的兒子也就到了。屋中的潮溼的發霉的氣息是使人窒息的，但是天晴了，也就乾燥而且舒暢。檐口的和垂柳的水滴聲是厭人的，但是天晴了，便將被清脆的鳥歌和甜蜜的蟲聲所替代——還有那咕呀咕呀的親切的槳聲。

「是誰來了呢？……」

每次每次，當她聽到那遠遠的槳聲的時候，她就這樣問著，叫她的十五歲女兒在窗口望著。沒有什麼能比這槳聲更使她興奮了，她興奮得忘記了自己的病痛。他來時，就是坐著這樣的船來的，遠遠地一聲一聲的叫著，彷彿親切地叫著媽媽似的，漸漸了近來，停泊在她的屋外。

那時將怎樣呢？日子非常的短，非常的短了。

她是一個勤勞的，良善的女人；一個溫和的，慈愛的母親。而她又有一顆敬虔的心，對於那冥冥中的神。

看呵，慈悲的菩薩將憐憫這個苦惱的老人了。一天又一天，或一個早晨，陽光終於出現了，雖然細雨還沒停止。而她的兒子也果然到了她的面前。

「是呵，我說是可以見到你的，涵子！……」她笑著說，但是她的聲音顫慄得哽住了。她的乾枯的眼角擠出來了兩顆快樂的眼淚。世界上沒有什麼比立在她眼前的兒子更寶貴了。而這三年來，他又變得怎樣的可愛呵。

已經是一個大人了，高高的，二十歲年紀，比出門的時候高過一個頭。瘦削的面頰變成了豐滿，連鼻子也高了起來。溫重的姿態、宏亮的聲音、沉著的情調，是個老成的青年。真像他的年輕時候的父親。三年了，好長的三年，三十年似的。他出門的一年還完全是個孩子，頑皮的孩子。一天到晚蹲在河邊釣魚，天熱了，在河裡泅著，沒有一刻不使她提心吊膽。

「苦了你了，媽……」涵子抽噎起來，伏在她的床邊。

這樣的話，他以前是不會說的，甚至還不曉得，只曉得什麼事情都怪她，對她發脾氣，從來不對她流這樣感動的眼淚。是個硬心腸的人。但他現在含著悲酸的

眼淚，只是親切地望著她，他的心在突突的跳著，他的每一根脈搏在顫慄著。他看見他的母親變得怎樣的可怕了呀。

三年前，當他出門的時候，她的頭髮還是黑的厚的，現在白了，稀了。她那時有著強健的身體，結實的肌肉，現在瘦了，瘦得那樣，只剩了一副骨骼似的。從前她的面孔是豐滿的，現在滿是皺紋，高高地衝出著顴骨。口內的牙齒已經脫去了一大半。深陷的眼睛，沒有一點光彩，蒙著一層薄膜。完全是另一個模樣了。倘若在路上見到她，涵子絕不會認識她。

「到城裡去吧，媽，那裡有一個醫院，你住上半月，就很快的好了……」涵子要求說。

但是她搖了一搖頭：

「你放心，這病不要緊……你來了，我已經覺得好了許多呢……你在路上兩三天，應該辛苦了，息息吧……學堂裡又是日夜用心費腦的……梅子怎麼呀？快去要你嬸子來，給你哥哥多燒幾碗菜……」

隨後她這樣那樣的問了起來：氣候，飲食，衣服……非常的詳細，什麼都想知道，怎樣也聽不厭，真的像沒有什麼病了。這只是一時的興奮，涵子很明白。他看見她不時用手按著心口，不時用著頭和腰背，疲乏地喘著氣。

「到城裡的醫院去吧，媽……」涵子重又要求說。「老年人呵……」

「菩薩會保佑我的。」她堅決地說。「倘若時候到了，也就不必多用錢——我要在家裡老的。」

涵子苦惱地沉默了。他知道她母親什麼都講得通，只有這一點是最固執的，和三年前一樣，和二十年前一樣。她相信菩薩，不相信人的力。火車、飛機、輪船，巨大的科學的出品擺在她眼前，甚至她日用的針線衣服糧食，沒有一樣不經過科學的洗禮，時時刻刻證明著神的世界是迷信的，但她仍然相信著神的權力。她捨不得吃、捨不得穿，什麼都要省儉，但對於迷信的事情卻捨得用錢。那明明是騙局：懶惰的和尚尼姑們，什麼工作也不做，只靠幾尊泥塑的菩薩哄騙愚夫愚婦去拜佛念經，從中取利。說是修行，實際上卻是無惡不作的。

「菩薩會保佑我的。」而他的母親生著重病，不相信醫藥，卻相信神的力。她現在甚至要到寺院裡去求神了。菩薩怎樣給她醫病呢？沒有顯微鏡、沒有培養器、

沒有聽診器、沒有溫度表，一個泥塑的偶像，能夠知道她生的什麼病嗎？然而她卻這樣的相信，這樣的相信，點上三炷香，跪下去叩了幾個頭，把一包香灰放在供桌前擺了一會，就以為菩薩給她放了靈藥，拿回來吞著吃了。這是什麼玩意呀？涵子想著想著，憤怒起來了。

「菩薩會保佑，你早就不會生病了！」他忿然的說。

「還不是全靠的菩薩，能夠再見到你？」

「那是我自己要來的！菩薩並沒有叫我回來！」

「我能夠活到今天，便是菩薩保佑……」

「菩薩在哪裡呢？你看見過嗎？」

「呵，哪裡看不到。你難道沒到過廟堂寺院嗎？……」

「泥塑木雕的偶像，哼！打它幾拳，又怎樣！」涵子咬著牙齒說。

「咳，罪過，罪過……」她忽然傷心了。「我把你養大，讓你進學校，你現在竟變到這樣了……你從小本是很敬菩薩的……你忘記了，你十五歲的時候，生著很大的病，就是廟裡求藥求好的……」

「那是本來要好了。或者，病了那麼久，就是求藥求壞的。聽了醫生的話，早就不會吃那麼大虧的。」

「你沒有良心！我那種藥沒有給你吃，那個醫生沒有請到，還說是求藥求壞的！……」

三年不見了，她的心愛的兒子忽然變得這樣厲害，她禁不住流出眼淚來。她懊惱、她怨恨，她想起來心痛。兒子雖然回來了，卻依然是非常的寂寞、非常的孤獨。

「做人真沒味呵……」她喃喃的嘆息著，覺得活著真和做夢一般。剛才彷彿過了，現在又聽到了那乏味的憂憒的聲音：

tak，tak……檐口的水滴聲緩慢地無休止的響著，又單調又呆板。

tink，tink……河邊垂柳的水滴聲慄顫地無窮盡的響著，又幽咽又淒涼。

窗子外面的天空永遠是那麼慘淡陰暗，她的一生呵……

她低低地哭泣了。

「媽！你怎麼呀？……病著的身體呵……饒恕我……我粗魯……我陪你

去，只要你相信呀！」

涵子著了急。他不能不屈服了，見到他母親這樣的傷心。他一面給她拭著眼淚，一面堅決地說：

「無論那一天，你要去，我就陪你去。」

「這樣就對了。」她收了眼淚說。「你才回來，休息一天，後天是初一，就和我一道到關帝廟去吧……」

「落雨呢？」

「會晴的。」

「不晴呢？……明天先請個醫生來好嗎？」

她搖了一搖頭：

「我不吃藥。後天一定會晴的……不晴也去得，路不遠，扶著我……」

涵子點了點頭，不敢反對了。但他的心裡卻充滿了痛苦。他和母親本是一顆心，生活在同一個世界上的；現在卻生出不同來，在他們中間隔下了一條鴻溝，把他們的心分開了，把他們的世界劃成了兩個。母親夠愛他了，為著他活著、為著他苦著，甚至隨時準備著為他犧牲生命，但對於她的信仰，卻一點不肯放棄。而這信仰卻只是一種迷信、一種愚蠢，她相信菩薩，既不知道神的歷史和來源，也不了解教條和精神。她只是一味的盲從，而對於無神論者不但不盲從，卻連聽也不願意聽。無論拿什麼證明給她看，都是空的。而他自己呢？他相信科學，並不是盲從，一切都有真憑實據的真理存在著的。在二十世紀的今日，他絕不能跟著他母親去信仰那泥塑木雕的偶像，無論他怎樣的愛她母親。他們中間的這一條鴻溝真是太大了，彷彿無窮盡的空間和時間，沒有東西可以把它填平，也沒有法子可以跨越過去。他的痛苦也有著這麼大。

現在，他得陪著他母親去拜菩薩了。他改變了信仰嗎？絕不。他不過照顧他病著的母親行走罷了。他暗中是懷著滿腹的譏笑的。

「下雨也去嗎？」

「也去的。」

四月初一的早晨，果然仍下著雨，她仍要去。

為的什麼呢？為的求藥！哼！生病的人，就不怕風和雨了！彷彿已經給菩薩醫

好了病似的！這樣要緊。彷彿趕火車似的！彷彿奔喪似的！彷彿逃難似的！彷彿天要崩了，地要塌了似的！……這簡直比小孩子還沒有知識、還糊塗！那邊什麼也沒有，這裡就先冒了個大險！這樣衰弱的身體，兩腿站起來就發抖，像要立刻栽倒似的！而她一定要去拜菩薩！拜泥塑木雕的偶像！一無知覺的偶像！

「香火受得多了，自然會靈的。」她說。

那麼連那裡的石頭也有靈了！桌子也有靈了！凳子也有靈了！屋子也有靈了！一切都該成了妖精了！

就假定那泥塑木雕的關帝有靈吧，他懂得什麼呀，那個紅面孔的關雲長？他幾時學過醫來？幾時嘗過百草？他活著會打仗，死後為什麼不把張飛救出來、劉備救出來、諸葛亮救出來？為什麼要眼望著蜀國給人家併吞呢？

「那是天數，是命運注定了的。」

那麼，生了病，又何必求藥呢？既然死活都是天數，都是命運注定了的！沒有一點理由！一絲一毫也沒有！而她卻一定要去！給她扶到船上，蓋著很厚的被窩，還覺得寒冷的樣子。這樣老了，什麼都慎重得厲害的，現在卻和自己開這麼可怕的玩笑，兒戲自己的生命！

「唉，唉……」

涵子坐在船上，露著憂鬱的臉色，暗暗地嘆著氣。他同他母親在同一個天空下，在同一個時間裡，在同一隻船上，在同一條河上，聽著同一的流水聲，看著同一的細雨飄，呼吸著同一的空氣，而他和他母親的思想卻是那麼樣的相反，中間的距離遠至不堪言說，永無接近的可能……橫隔在他們中間的，倘若是極大的海洋，也有輪船可通；倘若是大山，也有飛機可乘，而他們的心幾乎是合拍地跳著的，竟被分隔得這樣可怕……

看呀，他現在是怎樣的譏笑著，反對著那偶像和他母親的迷信，怎樣苦惱著焦急著他母親的病，而他母親呢？

她非常的敬虔，非常的平靜，她確信她這次的病立刻會好了。她頭一天晚上就預備得好好的：洗腳梳頭備香燭，辦金箔，已經開始喃喃地唸著她所絕不了解也不求了解的經句。睡在床上只是反來覆去的等天亮。東方才發白，她已經穿好衣服，斜坐在床上了。倘若不是生著病，這時已經到了廟裡，跪在香案前呢。一早

下著雨，她不再問「還沒晴嗎。」也不再怨恨似的說「這樣的天氣，這樣的天氣。」這兩天，這寒涼的，潮溼的，憂鬱的暮春天氣，在她彷彿和美麗的晴天一樣。她心裡非常的舒暢，眼前閃耀著光明的快樂的希望。她不說半句不吉利的話，不略略皺一下眉頭，什麼也不想，只是一心一意的喃喃地唸著經句，彷彿她只有一顆平靜如鏡的心，連那痛苦的軀殼也脫離了似的。雖然是下著細雨，吹著微風，船在河面駛著，依然是相當喧擾的：咕呀咕呀的船槳聲，泊泊的破浪聲，兩岸淙淙的溝流聲，行人的腳步聲，時或遠遠地嗚嗚的汽車或汽船的汽笛聲，某處咕咕的斑鳩喚雨聲，一路上埠頭邊洗衣女人嘻嘻哈哈的笑語聲，水面上來去的船隻喧鬧聲……但是這一切，她都沒有聽見，沒有看見，她彷彿已經離開了這世界，到了清默寂寞的天堂似的。

「唉唉……」

涵子一路嘆息著，幾乎發出聲音來了。為了母親，他現在是把他的痛苦緊緊地壓在心裡。但這痛苦卻愈壓愈膨脹起來，彷彿要爆烈了。他仰著頭，望著天空，天空是那樣的灰暗陰沉，無邊的痛苦似的。他望著細雨，細雨像在低低的哭泣。

他望著河面，河面蹙著憂苦的皺紋也對他望著。他轉過臉去，對著兩岸，兩岸的水溝在對他訴苦似的呻吟著。

「苦呀，苦呀……」船槳對他叫著似的。

接著是一聲聲「唉，唉」的船伕嘆息聲。

「哈哈哈哈……」兩岸埠頭上的女人笑了起來，彷彿看見了他和她母親中間隔著的那一條鴻溝。

涵子幾乎透不過氣了，連那潮溼的空氣也是沉悶的窒息的。

船靠埠頭了。要不是他母親叫他，涵子簡直還以為船仍在河的中心走著。

「滑稽的世界！」涵子自言自語的說，看著岸邊，不覺好笑起來。

這裡已經停滿了船了：小的划子，大的搖船，有許多連篷邊也沒有，在這樣風雨的天氣。有幾隻是二十里外的岙裡來的，他看著船名就知道。有幾隻船上還載著兜子，那一定是更遠在深山冷岙裡了，或者是病得很厲害。

他扶著他母親走上岸來，一所堂皇華麗的廟宇和熱鬧的人群就映入了他的眼簾。這還是初一，如果是誕辰，還不曉得熱鬧到什麼樣子呢。

白了頭髮的，脫了牙齒的，聾了耳朵的，瞎了眼睛的，老的小的，男的女的，坐著搖籃，坐著轎子，坐著船，從旱路，從水路，遠遠近近的來了，這中間，有的腫著眼睛，有的生著瘡，有的爛著腿，有的在咳嗽，有的在發熱，有的是肺病，有的是腸胃病，有的是心臟病……這些人都是來求藥的，他們都把關帝菩薩當做了內外科，婦人科，小兒科，一切疾病的治療者。此外有些康健的人是來求財，求子孫，問壽命，問訊息。把關帝菩薩當做了無所不能，無所不知的萬能者。一個一個拿著香燭進去，一個一個拿著香灰或簽司出來。有的憂愁著，有的呻吟著，有的嘆息著，有的流著眼淚，有的微笑著。他們生活在各種不同的屋角裡，穿著各種不同的衣服，露著各種不同的面色，抱著各種不同的希望和要求，而他們的信仰卻是一致的。

「愚蠢的人們……」涵子暗暗地說著，扶著他的母親走到了關帝廟的門口。

那門口有著一片好大的廣場，全用平滑的細緻的石板鋪著。左右兩旁豎著高入雲霄的旗杆，前面一個廣大的圓池，四圍用石欄杆繞著。走上高的石級，開著三道巨大的紅漆的門，門口蹲著兩個高大的石獅子。兩邊站著一個雄壯的馬和馬伕。

香菸的氣息就在這裡開始了，大家都在這裡禮拜著。

「讓我點香呵……」明達婆婆說著，從涵子的手臂中脫出手來，衰弱無力地顫慄著，燃著了火柴。

「我給你插吧。」涵子苦惱地說著，「你沒有一點氣力呀！」

他接著香往香爐裡插了下去，但他的心裡充滿了憤怒，這是一匹馬，一匹泥塑的馬！有著思想，有著情感的動物中最知慧的人現在竟向這樣的東西行禮了！而且還不止一個人，無數的，無數的男女老少，連他也輪到了點香的義務！要不是為了母親，他幾乎把香摔在那東西上面，用什麼棍子敲毀了那塑像！

三個好高大的門限，他吃力地扶著他母親跨了進去，就是寬闊的堂皇的走廊。腳下的石板是砌花的，紅漆的柱子和棟梁上都有著精細的雕刻，牆上掛滿了金光奪目的匾額和各色的旗幡，上面寫著俗不可耐的崇拜與稱揚的語句。牆的下部份砌著許許多多石刻的碑銘，一樣地不值得一讀的語句，下面署著某某善男或信女的名字。

「哼！……」涵子暗暗地自語著，「都是好人，到這裡來的！但是我們社會的

黑暗，社會的腐敗，貪婪殘暴的惡人從哪裡來的呢？……」

他憤怒地對著那些來來去去的男女老少射著輕蔑的眼光。他看見他們都把頭低下了，非常慚愧，非常內疚似的，靜默得只聽見輕緩的腳步聲，微細的衣服磨擦聲，和低低的暗禱聲。

「看你們這些人出了廟門做些什麼！爭鬧，欺騙，驕傲，凶橫殘忍……」

他現在繞過一個大院子，走上一個雕刻的石級，到了第二道門了。這裡的柱子，棟梁，牆壁和門道，雕刻得愈加精細，彷彿是以前的皇宮一般，金光燦爛的。門的兩邊豎著很大的木牌，寫著「肅靜迴避」幾個大字。走進門，又是非常寬闊的走廊，走廊又是許多旗幡，匾額和碑銘，外面還裝著新式的玻璃門窗。廣大的院子中間築著一個華麗的戲臺，面對著正中的大殿，倘若演戲了，那是演給菩薩看的。

「菩薩也要看戲！原來是個凡俗的菩薩！」涵子不覺苦笑起來。

這些人們真是夠愚蠢了，他覺得。他們一面把菩薩當做了萬能的，全知的，一面又把他當做平凡的愚笨的，和他們一模一樣。

繞過圍廊，他扶著母親走進大殿了。這裡簡直是驚人的華麗。和溜冰場一樣光滑的發光的石板，兩抱粗的柱子，巨大的細緻的銅爐，紅木的雕刻的供桌，金碧輝煌的神龕，光彩煥發的泥像。關羽，周倉，關平。兩旁神龕中還站著四個判官一類的神像，這連涵子也不曉得是誰了。關羽在這裡彷彿做了皇帝，那些是他的文武官員似的。大殿中迷漫著香菸的氣息，涵子幾乎窒息了。而在這氣息裡面還夾雜肉的氣息，魚的氣息。原來那偶像是吃葷的。

而那些頂禮的人們呢？卻都是齋戒沐浴了來，奉行著佛教徒的習慣。他們都說自己是善男信女，而關羽活著的時候卻是以善於殺人出名的。

他抬起頭來，望見了上面兩塊大匾，一邊是「正義貫天」四個字，一邊是「保國福民」四個字。

「哼……！」涵子又憤怒了。

這偶像在怎樣的「保國福民」呢？他叫人民迷信，叫人民服從，叫人民否認現實的世界，叫人民忘卻自己的「人」的能力！社會的經濟破產了，國家將亡了，他還在不息地吮吸著人民的脂膏，造下富麗堂皇的王宮似的廟宇來供奉他的偶像！他在禍國，他在殃民，他的罪惡是貫天的！……

「快些點起香燭吧……」他母親說著，已經跪倒在拜凳上。

他憤怒地咬著牙齒，點起香燭，幾乎眼中噴出火來！——他要燒掉這廟宇！

「唉，唉……」他又痛苦地嘆息起來。

那是完全為了他母親，為了他母親呵。

他母親是多麼的敬虔，多麼的深信。她伏在拜凳上是那樣的安靜，那樣的舒暢。她低著頭，微微地睜著眼，久久地等候著。她看見了金光的閃耀，神帷的蕩動，偉大的莊嚴的神像的起立，明亮如電的目光的放射，慈悲的萬能的手在香案上面的伸展，她甚至還聞到了一陣奇異的非人間所有的神藥的氣息，聽見了宏亮的神的安慰的語聲：

「給你加壽了……」

她感激地拜了幾拜，緩慢地站起身來，充滿了沉默的喜悅。她心頭的一顆巨石落下了。她的眼前照耀著快樂的希望的光明。她走近香案，恭敬地取了香灰。

但這時，她的另一個急切的願望起來了。她要求那萬能的全知的神給她解答。她取了兩片木卦，重又跪倒在香案前，喃喃地祝禱了一會，把木卦舉得高高的，往地上擲了下去。

是一陰一陽的勝卦。

她拾起來，喃喃地祈禱著，第二次擲了下去，也是勝卦。第三次又是勝卦。

她抑制著最大的喜悅，感激地拜了幾拜，這才站了起來。

「你去看一看卦牌，是怎樣講的吧，涵子，我求得了三勝卦呵……」

「呃！只怕太好了呀，看它做什麼！」涵子搖著頭說。

「自然是好卦——但你給我看來吧，聽見嗎？」

「哼！專門和我開玩笑似的……」涵子喃喃地說著，終於苦惱地走近了那厭憎的卦牌：

「日出東方，前程亨泰。」他懶洋洋的唸著。

他母親微笑了。那樣的快樂，是他回家後第一次的快樂的微笑。她的病彷彿好了。她的腳步很輕快，雖然一手扶著涵子的手臂，涵子卻覺得非常輕鬆，沒有扶著他似的。他們很快的走出了廟宇。

涵子驚異了一會，又立刻起了恐懼和痛苦。他知道這是他母親的心理作用，病原並沒有真正的去掉。他相信她的精神是過度的興奮，不久以後，她的病會更加增重起來，尤其是疲勞的行動和風寒的感染。

他們又坐著原船在河面上了。斜風依然飄著細雨。天空依然是灰暗陰沉的低垂著。河面依然露著憂苦的深刻的皺紋。

而涵子也依然苦惱地沉著臉，對著他母親坐著。他剛才做了什麼事呢？他，一個有著新的知識和思想的青年學生？他是相信科學的人，他是反對迷信的人。他有勇氣，他有熱誠，他抱著改革社會的極大的志願。但是現在呢？他連那最愛他的自己的母親也勸不醒來，也倔強不過她，也堅持不過她。他們中間距離是這樣的遠，這樣的遠，永沒有接近的可能……

「涵子，你怎麼老是這樣的苦惱模樣呵……」他母親說了。「我的病已經好了，你不必憂愁呀……」

「我嗎？……我沒有什麼……」他喃喃地回答說，這才注意出了母親下船後就是直著背坐著，很有精神的樣子。

「你看，天就要晴了。」她微笑地安慰著他說。「日出東方……底下一句怎麼呀？」

「日出東方，日出東方，天就會晴了嗎？」涵子不快樂的說。

「那自然，菩薩說的……」

「誰相信！」

「你不相信也罷，我總是相信的……」

「你去相信吧！我，不。」他搖著頭。

「那沒關係……總之，天要晴了……日出東方……前程……你說呀，怎麼接下去的？」

「前程嗎？哼……前程亨泰呀！」

「可不是！……前程亨泰呵……」她笑了。「那是給你問的卦呀……你譬如東方的太陽呢……」

她笑了。她笑得這樣的起勁，她的蒼白的臉色全紅了，連頭頸也是紅的。她的口角是那樣的生動，那樣的自然，和年輕人的一模一樣。她的眼球上的薄膜消

失了，活潑潑地發著明亮的光。她的深刻的顫動的皺紋下呈露著無限的喜悅。她彷彿看見了初出的太陽在她前面燦爛地升騰了起來，升騰了起來，彷彿聽見了鳥兒的快樂的歌唱，甜蜜的歌唱。她的心是那樣的平靜清澈，彷彿是無際的碧藍透明的天空。

他驚異地望著她，看不出她是上了年紀的人，看不出她有一點病容，只覺得她慈祥，快樂，活潑，美麗，和年輕時候一樣。

「我的病已經好了。」她繼續著說，「你的前途是光明的，譬如日出東方……自從你出門三年，我沒有一天寬心過，所以我病了，我知道的……現在我心頭的一塊石頭落下了……」

涵子低下了頭。

她三年來沒有寬心過，自從他出門以後！

而她現在笑了，第一次快樂的笑了……

他感動地流下幾滴眼淚，忘記了剛才的憤怒和痛苦。

「你還憂愁什麼呢？」她緊緊地握著他的手，眼角潤溼了。「我的病真的好了。

我知道你相信醫生，你真固執……你一定不放心，我明天就到城裡的醫院去，只要有你在我身邊……」

大滴的眼淚從涵子的眼裡湧了出來。

是憂鬱的暮春。低垂著灰暗陰沉的天空。

河水又漲了。雖然是細雨呵，這樣日夜下著。山裡的，田間的和屋角的細流全匯合著流入了這小小的河道。皺紋下面的河水在靜默地往上湧著，往上湧著，像要把他們的船兒浮到岸上來。

一隻拖鞋

國良叔才把右腳伸進客堂內，就猛然驚嚇地縮了回來，倒退幾步，靠住牆，滿臉通紅的發著愣。

那是什麼樣的地板啊！

不但清潔，美麗，而且高貴。不像是普通的杉木，像是比紅木還好過幾倍的什麼新的木板鋪成的。看不出拼合的痕跡，光滑細緻得和玉一樣，亮晶晶地漆著紅漆，幾乎可以照出影子來。

用這樣好的木料做成的桌面，他也還不曾見過，雖然他已經活上四十幾歲了。

他羞慚地低下頭，望著自己的腳：

是一雙慣走山路下爛田的腳；又闊又大，又粗糙又骯髒；穿著一雙爛得只剩下了幾根筋絡的草鞋，鞋底裡還嵌著這幾天從路上帶來的黃土和黑泥，碎石和煤渣。

這怎麼可以進去呢？雖然這裡是他嫡堂阿哥李國材的房子，雖然堂阿嫂在鄉裡全靠他照應，而且這次特地停了秋忙，冒著大熱，爬山過嶺，終於在昨天半夜裡把李國材的十二歲兒子送到了這裡。這樣的腳踏在那樣的地板上，不是會把地板踏壞的嗎？

他抬起頭來，又對著那地板愣了一陣，把眼光略略抬高了些。

那樣的椅子又是從來不曾見過的：不是竹做木做，卻是花皮做的；又大又闊，可以坐得兩三個人；另二個簡直是床了，長得很；都和車子一樣，有著四個輪子。不用說，躺在那裡是和神仙一樣的，既舒服又涼爽。

桌子茶几全是紫檀木做的，新式雕花，上面還漆著美麗的花紋。兩只玻璃櫥中放滿了奇異的磁器和古玩。長幾上放著銀盾，磁瓶，金盃，銀鐘。一個雕刻的紅木架子掛著綵燈。牆壁是金黃色的，漆出花。掛著字聯，圖畫。最奇怪的是房子中央懸著一個大球，四片黑色的大薄板，像是鐵的也像是木的。

國良叔有十幾年沒到上海來了，以前又沒進過這樣大的公館，眼前這一切引起了他非常的驚嘆。

「到底是上海！……到底是做官人家！……」他喃喃地自語著。

他立刻小心地離開了門邊，走到院子裡。他明白自己是個種田人，穿著一套破舊的黑土布單衫，汗透了背脊的人是不宜走到那樣的客堂裡去的。他已經夠滿意，昨天夜裡和當差們睡在一間小小的洋房裡，點著明亮的電燈，躺在柔軟的帆布床

上。這比起他鄉下的破漏而狹窄的土屋，黯淡的菜油燈，石頭一樣的鋪板舒服得幾百倍了。

「叫別一個鄉下人到人家的公館門口去站一刻看吧！」國良叔想，「那就是犯罪的，那就會被人家用棍子趕開去的！」

於是他高興地微笑了，想不到自己卻有在這公館裡睡覺吃飯的一天，想不到穿得非常精緻的當差都來和氣地招呼他，把他當做了上客。但這還不稀奇，最稀奇的卻是這公館的主人。是他的嫡堂兄弟哩！

「我們老爺……我們老爺……」

大家全是這樣的稱呼他的堂兄弟李國材。國良叔知道這老爺是什麼委員官，管理國家大事的。他一聽見這稱呼就彷彿自己也是老爺似的，不由得滿臉光彩起來。

但同時，國良叔卻把他自己和李國材分得很清楚：「做官的是做官的，種田的是種田的。」他以為他自己最好是和種田的人來往，而他堂兄弟是做官的人也最好是和做官的人來往。

「我到底是個粗人。」他想，「又打扮得這樣！幸虧客堂裡沒有別的客人……

倘若碰到了什麼委員老爺，那才不便呢。……」

他這樣想著，不覺得又紅了一陣臉，心跳起來，轉了一個彎，走到院子後面去，像怕給誰見到似的，躲在一顆大柳樹旁呆望著。

院子很大，看上去有三四畝田，滿栽著高大的垂柳，團團繞著一幢很大的三層樓洋房：兩條光滑的水門汀大路，兩旁栽著低矮的整齊的樹叢，草坪裡築著花壇，開著各色的花。紅色的洋樓上有寬闊的涼臺。窗子外面罩著半圓形的帳篷，木的百葉窗裡面是玻璃窗，再裡面是紗窗，是窗簾。一切都顯得堂皇，美麗，幽雅。

國良叔又不覺得暗暗地讚嘆了起來：

「真像皇宮……真像皇宮……」

這時三層樓上的一個窗子忽然開開了，昨天跟他到上海來的堂侄伸出頭來，叫著說：

「叔叔！叔叔！你上來呀！」

國良叔突然驚恐地跑到窗子下，揮著手，回答說：

「下去！下去！阿寶！不要把頭伸出來！啊啊，怕掉下來呀！……不得了，不

得了！……」他伸著手像想接住那將要掉下來的孩子似的。

「不會，不會！……你上來呀，叔叔！」阿寶在窗口搖著手，「這裡好玩呢，來看呀！」

「你下來吧，我不上來。」

「做什麼不上來呀？一定要你上來，一定！」

「好的好的。」國良叔沒法固執了，「你先下來吧，我們先在這裡玩玩，再上去，好嗎？我還有話和你說呢。」

阿寶立刻走開窗口，像打滾似的從三層樓上奔了下來，抱住了國良叔。

「你怎麼不上去呀，叔叔？樓上真好玩！圓的方的，銀子金子的東西多極了，雕出花，雕出字，一個一個放在架子上。還有瓶子，壺，好看得說不出呢！……還有……」

「你看。」國良叔點點頭非常滿意的說，「這路也好玩呢，這樣平，這樣光滑。我們鄉裡的是泥路，是石子路……你看這草地，我們鄉裡哪有這樣齊，哪裡會不生刺不生蛇……你真好福氣，阿寶，你現在可以長住在你爸爸的這一個公館裡了……」

「我一定要媽媽也來住！」

「自然呀，你是個孝子……」

「還有叔叔也住在這裡！」

國良叔苦笑了一下，回答說：

「好的，等你大了，我也來……」

「現在就不要回去呀！」阿寶叫著說。

「不回去，好的，我現在不回去，我在上海還有事呢。你放心吧，好好住在這裡。你爸爸是做大官的，你真快活！——他起來了嗎？」

「沒有，好像天亮睡的。」

「可不是，你得孝敬他，你是他生的。他一夜沒睡覺，想必公事忙，也無非為的兒孫呵。」

「他和一個女人躺在床上，講一夜的話呢。不曉得吃的什麼菸，咕嚕咕嚕的真難聞！我不喜歡那女人！」

「嗤！別做聲！……你得好好對那女人，聽見嗎？」國良叔恐慌地附著阿寶的耳朵說。

「你來吧。」阿寶緊緊地拖著他的手。「樓上還有一樣東西真古怪，你去看呀！……」

國良叔不覺得又心慌了。

「慢些好嗎？……我現在還有事呢。」

「不行？你自己說的，我下來了你再上去你不能騙我的！」

「你不曉得，阿寶。」國良叔苦惱地說。「你不曉得我的意思。」

「我不管！你不能騙我。」阿寶拚命拖著他。

「慢些吧，慢些……我怎麼好……」

「立刻就去，立刻！我要問你一樣奇怪的東西呀！」

國良叔終於由他拖著走了。踉踉蹌蹌地心中好不恐慌。給急得流了一背脊的汗。

走過客堂門口，阿寶忽然停住下來，張著小口，驚異的叫著說：

「哪！就是這個！你看！這是什麼呀？」他指著房子中央懸著的一個黑球，球上有著四片薄板的。

「我不知道……」國良叔搖著頭回答說。

「走，走，走，我告訴你！」阿寶又推著他叫他進去。

「我嗎？」國良叔紅著臉，望望地板，又望望自己的腳。「你看，一雙這樣的腳怎樣進去呢，好孩子？」

「管它什麼，是我們的家裡！走，走，走，一定要進去！我告訴你！」

「好，好，好，你且慢些。」國良叔說著，小心地四面望了一望，「你讓我脫掉了這雙草鞋吧。」

「你要脫就快脫，不進去是不行的！」阿寶說著笑了起來。

國良叔立刻把草鞋脫下了，扳起腳底來一望，又在兩腿上交互地擦了一擦，才輕手輕腳地走進了幾步。

「你坐下！」阿寶說著用力把國良往那把極大的皮椅上一推。

國良叔嚇得失色了。

一把那樣奇怪的椅子：它居然跳了起來，幾乎把國良叔栽了一個跟斗。

「哈，哈，哈！真有趣！」阿寶望著顛簸不定的國良叔說。「你上了當了！我昨晚上也上了當的呢！他們都笑我，叫我鄉下少爺，現在我笑你是鄉下叔叔了呀！」

「好的，好的。」國良叔回答說，緊緊地扳著椅子，一動也不敢動，「我原是鄉下人，你從今天起可做了上海少爺了，哈，哈，哈……」

「你聽我念巫咒！」阿寶靠近牆壁站著，一手指著那一個黑球畫著圓圈「天上上，地下下，東西南北，上下四方，走！一，二，三！一，二，三！」

國良叔看見那黑球下的四片薄板開始轉動了。

「啊，啊！……」他驚訝地叫著，緊緊地扳著椅子。

那薄板愈轉愈快，漸漸四片連成了一片似的，發出了呼呼的聲音，送出來一陣陣涼風。

「這叫做電扇呀！叔叔，你懂得嗎？你坐的椅子叫做沙發，有彈簧的！」

「你真聰明，怎麼才到上海，就曉得了！」

「你看，我叫它停。」阿寶笑著說又指著那電扇，「停，停，停！一，二，三！一，二，三！……」

「現在可給我看見了，你肩上有一個開關呀！哈，哈，哈！你忘記了，你還沒出世，我就到過上海的呢！我是『老上海』呀！……」

「好，好，好！」阿寶頑皮地笑著說，又開了電扇，讓它旋轉著，隨即跳到了另一個角落裡，「我同你『老上海』比賽，看你可懂得這個！……」

他對著一個茶几上的小小方盒子站下，旋轉著盒子上的兩個開關。

喀喀喀……

那盒子忽然噪雜地響了起來，隨後漸漸清晰了，低了。有人在念阿彌陀佛。隨後咕咕響了幾聲，變了吹喇叭的聲音，隨後又變了女人唱歌的聲音，隨後又變了狗的嗥聲……

「我知道這個。」國良叔得意地說，「這叫做留聲機！你輸了，我是『老上海』到底見聞比你廣，哈，哈，哈！……」

「你輸了！我『新上海』贏了！這叫做無線電！無線電呀！聽見嗎？」

「我不相信。」

「你不相信，去問來！看是誰對！無線電，我說這叫做無線電。……」

「少爺！」

當差阿二忽然進來了。他驚訝地望望電扇和無線電，連忙按了一下開關，又跑過去關上了無線電。

「你才到上海，慢慢的玩這些吧，這些都有電，不懂得會闖禍的……老爺正在樓上睡覺哩！他叫我帶你出去買衣裳鞋襪。汽車備好了，走吧。」

「這話說得是，有電的東西不好玩的。」國良叔小心地按著椅子，輕輕站了起來，「你爸爸真喜歡你，這鄉下衣服真的該脫下了，哈……」

國良叔忽然止住了笑聲，紅起臉來，他看見阿二正板著面孔，睜著眼在望他。那一雙尖利的眼光從他的臉上移到了沙發上，從沙發上移到了他的衣上，腳上，又從他的腳上移到了地板上，隨後又移到了他的腳上，他的臉上。

「快些走吧，老爺知道了會生氣的。」他說著牽著阿寶的手走出了客堂，又用尖利的眼光掃了一下國良叔的臉。

國良叔羞慚地低下頭，跟著走出了客堂。

汽車已經停在院子裡，雪亮的，阿二便帶著阿寶走進了車裡。

「我要叔叔一道去！」阿寶伸出手來搖著。

「他有事的，我曉得。」阿二大聲的說望著車外的國良叔。

「是的，我有事呢，阿寶，我要給你媽媽和嬸嬸帶幾個口信，辦一些另碎東西，不能陪了。」

「一路去不好嗎？」

「路不同。」阿二插入說。「喂，阿三。」他對著汽車向外站著的另一個當差搖著手，「你去把客堂間地板拖洗一下吧，還有那沙發，給揩一下！」

汽車迅速地開著走了，國良叔望見阿二還從後面的車玻璃內朝他望著，露著譏笑的神色。

國良叔滿臉通紅的呆站著，心在猛烈地激撞。他知道自己做錯了事了，他原來不想進客堂去的。只因為他太愛阿寶，固執不過他，就糊糊塗塗的惹下了禍，幸虧得還只碰見阿二，倘若碰見了什麼委員客人，還不曉得怎樣哩！

突然，他往客堂門口跑去了。

「阿三哥，讓我來洗吧，是我弄髒的。」他搶住阿三手中的拖把。

「哪裡的話。」阿三微笑地凝視著他。「這是我們當差的事。你是叔爺呀……」

國良叔遠遠搖著頭：

「我哪裡配，你叫我名字吧，我只是一個種田人，鄉下人……」

「叔爺還是叔爺呀。」阿三說著走進了客堂，「你不過少了一點打扮。你去息息吧，前兩天一定很累了。我們主人是讀書知理的，說不定他會叫一桌菜來請請你叔爺。」阿三戲謔似的說，「我看你買一雙新鞋子也好哩……」

「那怎敢，那怎敢……」國良叔站在門邊又紅起臉來，「你給我辭了吧，說我明天一早就要回去的。」

「我想他今天晚上一定會請你吃飯，這是他的老規矩呀。」

「真的那樣，才把我窘死了……這怎麼可以呵……」

「換一雙鞋子就得了，沒有什麼要緊，可不是嫡堂兄弟嗎？」

「嫡堂兄弟是嫡堂兄弟……他……」國良叔說著，看見阿三已經拖洗去了腳印和沙發上的汗漬，便提起門口那雙破爛的草鞋。「謝謝你，謝謝你，我真的糊塗，這鞋子的確太不成樣了……」

他把那雙草鞋收在自己的藤籃內，打著赤腳，走出了李公館。

「本來太不像樣了。」他一路想著，「阿哥做老爺，住洋房，阿弟種田穿草鞋，給別人看了，自己倒不要緊，阿哥的面子可太不好看……阿三的話是不錯的，買一雙鞋子……不走進房子裡去倒也不要緊，偏偏阿寶纏得厲害……要請我吃飯怕是真的，不然阿三不會這樣說……那就更糟了！他的陪客一定都是做官的，我坐在那裡，無論穿著草鞋打著赤腳，成什麼樣子呀！……」

他決定買鞋子了，買了鞋子再到幾個地方去看人，然後到李公館吃晚飯，那時便索性再和阿寶痛快玩一陣，第二天清早偷偷地不讓他知道就上火車搭汽船回到鄉裡去。

他將買一雙什麼樣的鞋子呢？

阿二和阿三穿的是光亮的黑漆皮鞋，顯得輕快，乾淨又美觀。但他不想要那樣的鞋子，他覺得太光亮了，穿起來太漂亮，到鄉裡是穿不出去的。而且那樣的鞋子在上海似乎並不普遍，一路望去，很少人穿。

「說不定這式樣是專門給當差穿的。」他想，「我究竟不是當差的。」

他沿著馬路緩慢地走去，一面望著熱鬧的來往的人的腳。有些人赤著腳，也有些人穿著草鞋。他們大半是拉洋車的，推小車的。

「我不幹這事情，我是種田人，現在是委員老爺的嫡堂兄弟。」他想，「我老早應該穿上鞋子了。」

篤篤篤篤，有女人在他身邊走了過去。那是一雙古怪的皮鞋，後跟有三四寸高，又小又細，皮底沒有落地，橋似的。

「只有上海女人才穿這種鞋子。」他想，搖了一搖頭。

喀橐，喀橐……他看見對面一個穿西裝的人走來了，他穿的是一雙尖頭黃皮鞋，威風凜凜的。

「我是中國人，不吃外國飯。」他想「不必冒充。」

橐落，橐落……有兩個工人打扮的來了，穿的是木屐。

「這個我知道。」他對自己說，「十幾年前見過東洋矮子，就是穿的這木屐，我是不想穿的……」

旁邊走過了一個學生，沒有一點聲音，穿的是一雙膠底帆布鞋。

「紮帶子很麻煩。」他想，「況且我不是學生。」

他看見對面有五六個人走來了，都穿著舊式平面的布衫子，一個穿白紡綢長衫的是緞鞋。

「對了，可見上海也不通行這鞋子，我就買一雙布的吧，這是上下人等都可穿的。」

鐵塔鐵塔……一個女的走過去，兩個男的走過來，一個穿西裝的，兩個燙頭髮的，一個工人打扮的，兩個穿長衫的，全穿著皮的拖鞋。

「呵，呵。」國良叔暗暗叫著說，「這拖鞋倒也舒服……只是走不快路的樣子，奔跑不得⋯我不買……」

篤篤篤篤……橐落橐落……喀橐喀橐……鐵塔鐵塔……

國良叔一路望著各種各樣的鞋子，一面已經打定主意了。

「舊式平面布鞋頂好，價錢一定便宜，穿起來又合身分！像種田人也像叔爺，像鄉下人也像上海人……」

於是他一路走著，開始注意鞋鋪了。

馬路兩旁全是外國人和中國人的店鋪，每家店門口掛著極大的各色布招子和黑漆金字的招牌。門窗幾乎全是玻璃的，裡面擺著各色各樣的貨物。一切都新奇，美麗，炫目。

這裡陳列著各色的綢緞，有的像朝霞的鮮紅，有的像春水的蔚藍，有的像星光的閃耀，有的像月光的銀白……這裡陳列著男人的潔白的汗衫和草帽，女人的粉紅的短褲和長襪，各種的香水香粉和胭脂……這裡陳列著時髦的家具，和新式的皮箱和皮包……這裡陳列著鑽石和金飾，鐘錶和眼鏡……這裡陳列著糖果和點心，啤酒和汽水……這裡是車行……這裡是酒館……這裡是旅館……是跳舞場……是電影院……是遊藝場……高聳入雲的數不清層數的洋房，滿懸著紅綠色電燈的廣告……到處擁擠著人和車，到處開著無線電……

「到底是上海，到底是上海！……」

國良叔暗暗地讚嘆著，頭昏眼花的不曉得想什麼好，看什麼好，聽什麼好，一路停停頓頓走去，幾乎連買鞋子的事情也忘記了。

鞋鋪很少。有幾家只在玻窗內擺著時髦的皮鞋，有幾家只擺著膠底帆布的學生鞋。國良叔望了一會，終於走過去了。

「看起來這裡沒有我所要的樣子。」他想。「馬路這樣闊，人這樣熱鬧，店鋪這樣多，東西都是頂好頂時髦，也頂貴的。」

他轉了幾個彎，漸漸向冷靜的街上走了去。

這裡的店鋪幾乎全是賣雜貨的，看不見一家鞋鋪。

他又轉了幾個彎。這種的街上幾乎全是飯店和旅館，也看不見一家鞋鋪。

「上海這地方，真古怪！」國良叔喃喃地自語著，「十幾年不來全變了樣了！從前街道不是這樣的，店鋪也不是這樣的。走了半天，連方向也忘記了。腿子走酸，還找不到一家鞋鋪……這就不如鄉裡，短短的街道，要用的東西都有賣。這裡店鋪多，卻很少是我們需要的，譬如平面的舊式鞋子，又不是沒有人穿……」

國良叔這樣想著，忽然驚詫地站住了——他明明看見了眼前這一條街道的西邊全是鞋鋪，而且玻窗內擺的全是平面的舊式鞋子！

「哦！我說上海這地方古怪，一點也不錯！沒有鞋鋪的地方一家也沒有，有的地方就幾十家擠在一起！生意這樣做法，我真不贊成！……不過買鞋子的人倒也好，比較比較價錢……」

他放緩了腳步，仔細看那玻窗內的鞋子了。

這些店鋪的大小和裝飾都差不多，顯得並不大也並不裝飾得講究。擺著幾雙沒有光彩的皮鞋，幾雙膠底帆布學生鞋，最多的都是舊式平面的鞋子：緞面的：直貢呢的和布的：黃皮底的，白皮底的和布底的。

國良叔看了幾家，決定走到店裡去了。

「買一雙鞋子。」他說，一面揩著額上的汗。

「什麼樣的？」店裡的夥計問。

「舊式鞋子平面的。」

「什麼料子呢？」

「布的。」

「鞋底呢？」

「也是布的。」

夥計用一種輕蔑的眼光望了一下國良叔的面孔，衣服和腳，便丟出一塊揩布來。

「先把腳揩一揩吧。」他冷然的說。

國良叔的面孔突然紅了起來，心突突地跳著，正像他第一次把腳伸進李公館客堂內的時候一樣心情。他很明白，自己的腳太髒了，會把新鞋子穿壞的。他從地上檢起揩布，一邊坐在椅上就仔細地揩起腳來。

「就把這一雙試試看吧。」那夥計說，遞過來一雙舊式鞋子。

國良叔接著鞋就用鞋底對著腳底比了一比，仍恐怕弄髒了鞋，不敢往腳上穿。

「太小了。」他說。

「穿呀，不穿哪裡曉得！」那夥計命令似的說。

國良叔順從地往腳上套了。

「你看，小了這許多呢。」

那夥計望了一望，立刻收回了鞋，到架子上拿了一雙大的。

「穿這一雙。」他說。

國良叔把這鞋套了上去。

「也太小。」他說。

「太小？給你這個！」他丟過來一隻鞋溜。

「用鞋溜怕太緊了。」國良叔拿著鞋溜，不想用。

「穿這種鞋子誰不用鞋溜呀！」那人說著搶過鞋溜，扳起國良叔的腳，代他穿了起來。「用力！用力踏進去呀！」

「啊啊……踏不進去的，腳尖已經痛了。」國良叔用了一陣力，依然沒穿進去，叫苦似的說。

那夥計收起鞋子，用刷子刷了一刷鞋裡。看看號碼，又往架上望了一望，冷然的說：

「沒有你穿的——走吧！」

國良叔站起身，低著頭走了，走到玻璃窗外，還隱隱約約的聽見那夥計在罵著：「阿木林！」他心裡很不舒服，但同時他原諒了那夥計，因為他覺得自己腳原是太髒了，而人家的鞋子是新的。

「本來不應該。」他想。「我還是先去借一雙舊鞋穿著再來買新鞋吧。」

他在另一家鞋鋪門口停住腳，預備回頭走的時候，那家店裡忽然出來了一個夥計，非常和氣的說：

「喂，客人要買鞋子嗎？請裡面坐。我們這裡又便宜又好呢。進來，進來，試試看吧。」

國良叔沒做聲，躊躇地望著那個人。

「不要緊的，試試不合適，不買也不要緊的……保你滿意……」那夥計說著，連連點著頭。

國良叔覺得不進去像是對不住人似的便沒主意地跟進了店裡。

「客人要買布鞋嗎？請坐，請坐……試試大小看吧。」他說著拿出一雙鞋子來，推著國良叔坐下，一面就扳起了他的腳。

「慢些呀。」國良叔不安地叫著，縮回了腳。「先揩一揩腳……我的腳髒呢……」

「不要緊，不要緊，試一試就知道了。」夥計重又扳起了他的腳，「唔，大小。有的是。」

他轉身換了一雙，看看號碼，比比大小，又換了一雙。

「這雙怎樣？」他拿著一個鞋溜，扳起腳，用力給扳了進去。「剛剛合適，再好沒有了！」

國良叔緊皺起眉頭，幾乎發抖了。

「啊呵，太緊太緊……痛得厲害呀……」

「不要緊，不要緊，一刻刻就會鬆的。」

「換過一雙吧。」國良叔說著，用力扳下了鞋子，「你看，這樣尖頭的，我的腳是闊頭的。」

「這是新式，這尖頭。我們這裡再沒有比這大的了。」

「請你拿一雙闊頭的來吧，我要闊頭的。」

「闊頭的？哈，哈，客人，你到別家去問吧，我保你走遍全上海買不到一雙……你買到一雙，我們送你十雙……除非你定做……給你定做一雙吧？快得很，三天就做起了。」

國良叔搖了一搖頭：

「我明天一早要回鄉去。」

「要回鄉去嗎。」那夥計微笑地估量著國良叔的神色，「那麼我看你買別一種鞋子吧，要闊頭要舒服的鞋子是有的，你且試試看……」

他拿出一雙皮拖鞋來。

國良叔站起身，搖著手，回答說：

「我不要這鞋子。這是拖鞋。」

「你坐下，坐下。」那夥計牽住了他，又把他推在椅子上。「這是皮的，可是比布鞋便宜呀，賣布鞋一元，皮拖鞋只賣八角哩……現在上海的鞋子全是尖頭的，只有拖鞋是闊頭。穿起來頂舒服，你試試看吧，不買也不要緊，我們這裡頂客氣，比不得賣野人頭的不買就罵人……你看，你看，多麼合適呀……站起來走走看吧。」

他把那雙皮拖鞋套進了國良叔的腳，拖著他站了起來。

「再好沒有了，你看，多麼合適！這就一點也不痛，一點也不緊了，自由自在的！」

「舒服是真的。」國良叔點點頭說，「但只能在家裡穿。」

「阿，你看吧，現在那一個不穿拖鞋！」那夥計用手指著街上的行人，「男的女的老的少的，士農工商，上下人等，都穿著拖鞋在街上走了，這是實在情形，你親眼看見的。你沒到過虹口嗎？那些街上更多了。東洋人是不穿皮鞋和布鞋的，沒有一個不穿拖鞋，木頭的或是布的。這是他們的禮節，穿皮鞋反而不合禮節……你穿這拖鞋，保你合意，又大方，又舒服，又便宜。又經穿。鞋子要賣一元，這只值八角。你嫌貴了，就少出一角錢，我們這裡做生意頂公道，不合意可以來換的，現在且拿了去吧。你不相信，你去問來，那一家有闊頭的大尺寸的布的，你就再把這拖鞋退還我們，我們還你現錢，你現在且穿上吧，天氣熱，馬路滾燙的……我們做生意頂客氣，為的是下次光顧，這次簡直是半賣半送，虧本的……」

國良叔聽著他一路說下去，開不得口了。他覺得人家這樣客氣，實在不好意思拒絕。穿拖鞋的人多，這是他早已看到了。穿著舒服，他更知道。他本來是不穿鞋子的，不要說尖頭，就是闊頭的，他也怕穿。若說經穿，自然是皮的比布的耐久。若說價錢，七角錢確實也夠便宜了。

「上海比不得鄉下。」那夥計仍笑嘻嘻地繼續著說。「騙人的買賣太多了，你是個老實人，一定會上當。我們在這裡開了三十幾年，牌子頂老，信用頂好，就是我們頂規矩，說實話。你穿了去吧，保你滿意，十分滿意。我開發票給你，註明包退包換。」

那夥計走到帳桌邊，提起筆寫起發票來。

國良叔不能不買了。他點點頭，從肚兜裡摸出一張鈔票，遞到帳桌上去。隨後接了找回的餘錢，便和氣地穿著拖鞋走出了店鋪。

鐵塔，鐵塔……

國良叔的腳底下發出了一陣陣合拍的聲音，和無數的拖鞋聲和奏著，彷彿上了跳舞場，覺得全身輕漾地搖擺起來，一路走去，忘記了街道和方向。

「現在才像一個叔爺了。」他想，不時微笑地望望腳上發光的皮拖鞋，「在李

公館穿這鞋子倒也合適，不像是做客，像在自己家裡一樣，自由自在，大大方方，人家一看見我，就知道我是李國材的嫡堂兄弟了。回到家裡，這才把鄉下人嚇得伸出舌頭！……呀！看呵，一雙什麼樣的鞋子呀！……上海帶來的！叔爺穿的！走過柏油路，走過水門汀路，進過李公館的花園，客堂，樓上哩！……哈，哈，哈……」

他信步走去，轉了幾個彎，忽然記起了一件要緊的事情：

「現在應該到阿新的家裡去了。阿寶的娘和嬸嬸不是要我去看他，叫他給她們買點另碎的東西嗎？我在那裡吃了中飯，就回李公館，晚上還得吃酒席的……」

他想著，立刻從肚兜裡摸出一張地名來，走到一家菸紙店的櫃檯口。

「先生，謝謝你。這地方朝哪邊去的？」他指著那張條子。

「花園街嗎？遠著呢。往北走，十字路口再問吧。」櫃檯裡的人回答說，指著方向。

「謝謝你。」國良叔說著，收起了條子。

這街道漸漸冷落，也漸漸狹窄了。店鋪少，行人也少。國良叔彷彿從前在這裡走過似的，但現在記不起這條街道的名字了。走到十字街頭，他又拿出紙條來和氣地去問一家店裡的人。

「這裡是租界。」店裡的人回答說，「你往西邊，十字路口轉彎朝北，就是中國地界了，到那裡再問。」

國良叔說聲謝謝，重又照指示的地方向前走去。他覺得肚子有點飢肚了，抬起頭來望望太陽已快到頭頂上，立刻加緊了腳步。

他走著走著，已經到了中國地界，馬路上顯得非常忙亂，步行的人很少，大半都是滿裝著箱籠什物的汽車，塌車，老虎車，獨輪車和人力車。

「先生，謝謝你，這地方往哪邊走？」國良叔又把紙條遞在一家菸紙店的櫃檯上。

「花園街？——哼！」一個年輕的夥計回答說，「你不看見大家在搬場嗎？那裡早已做了人家的司令部，連我們這裡也快搬場了——進來快些不要站在外面，看，那邊陸戰隊來了……」

國良叔慌張地跑進了店堂，心裡卻不明白。他只看見店堂裡的人全低下了頭，

偷偷地朝外望，只不敢昂起頭來，沉默得連呼吸也被遏制住了似的，大家的臉色全變青了，眉頭皺著，嘴唇在顫動，顯著憎惡和隱怒。

國良叔感覺到發生了什麼意外的事，恐懼地用背斜對著街上，同時卻用眼光偷偷地往十字路口望了去。

一大隊兵士從北跑過了這街道。他們都戴著銅帽，背著皮袋，穿著皮鞋，擎著上了明晃晃的刺刀的槍桿。他們急急忙忙地跑著，衝鋒一般，朝西走了去。隨後風馳電掣似的來了四輛馬特車，坐著同樣裝式的兵士，裝著機關槍；接著又來了二輛滿裝著同樣兵士的卡車；它們在這一家店門口掠過，向西馳去了。馬路旁的行人和車輛都驚慌地閃在一邊。國良叔看見對面幾家的店鋪把門窗關上了。

「怎麼，怎麼呀？……」他驚駭地問。「要打仗了嗎？……這軍隊開到哪裡去的呢？……」

「開到哪裡去。」那個年輕的夥計說，「開到這裡來的——那是××兵呀！……」

「××兵！這裡是……」

「這裡是中國地界！」

「什麼？……」國良叔詫異地問。

「中國地界！」

「我這條子上寫著的地方呢？」

「中國地界！××人的司令部！」

「已經開過火了嗎？什麼時候打敗的呢？……」

「開火？」那青年憤憤地說，「誰和他們開火！」

「你的話古怪，先生，不是打了敗仗，怎麼就讓人家進來的呢？」

「你走吧，呆頭呆腦的懂得什麼！這裡不是好玩的。」另一個夥計插了進來，隨後朝著那同事說：「不要多嘴，去把香菸裝在箱子裡！」

那青年默然走開了。國良叔也立刻停了問話，知道這是不能多嘴的大事。他躊躇了一會，決計回到李公館去，便把那張條子收了，摸出另一張字條來。

「先生，費你的心，再指點我回去的道路吧。」

那夥計望了一望說：

「往東南走，遠著呢，路上小心吧，我看你倒是個老實人……記住，不要多嘴，聽見嗎？」

「是，是……謝謝你，先生……」

國良叔出了店堂，小心地一步一步向那個人指著的方向走了去。他看見軍隊過後，街上又漸漸平靜了，行人和車輛又多了起來，剛才關上的店鋪又開了一點門。

「阿新一定搬家了。」他想，「口信帶不到，阿寶的媽媽和嬸嬸的東西也沒帶回，卻嚇了一大跳。……幸虧把阿寶送到了上海，總算完了一件大事……我自己在上海住過看過，又買了這一雙拖鞋，晚上還有酒席吃，倒也罷了……」

他這樣想著，心裡又漸漸舒暢起來，忘記了剛才的驚嚇，鐵塔鐵塔地響著，走到了一個十字路口。

但在這裡，他忽然驚跳起來，加緊著腳步，幾乎把一雙拖鞋落掉了……

他看見十字路口站著一個背槍的兵士，正在瞪著眼望他。

「這是東洋兵！……」他恐懼地想，遠遠地停住腳，暗地裡望著他。

但那穿白制服的兵士並沒追來，也不再望他，彷彿並沒注意他似的，在揮著手指揮車輛。

「靠左靠左！……」他說的是中國話。

國良叔仔細望了一陣。從他的臉色和態度上確定了是中國人，才完全安了心。

「這一帶不怕××兵了。」他想，放緩了腳步，「有中國警察在這裡的，背著槍……」

鐵塔鐵塔，他拖著新買的皮拖鞋，問了一次路，又到了一個十字路口。

這裡一樣站著一個中國警察，背著槍，穿著白色的制服。

國良叔放心地從街西橫向街東，靠近了十字路口警察所站的崗位。

「站住！」那警察突然舉起槍，惡狠狠地朝著國良叔吆喊了一聲。

國良叔嚇得發抖了。他呆木地站住腳，瞪著眼睛只是望著那警察，他一時不能決定面前立的是中國人還是××人。

「把拖鞋留下一隻來！」那警察吆喊的說，「上面命令，不准穿拖鞋！新生活——懂得嗎？」

「懂得，懂得……」國良叔並沒仔細想，便把兩只拖鞋一起脫在地上。

「誰要你兩只！糊塗蟲！」那警察說著用槍桿一撥，把一隻拖鞋撥到了自己後面的一大堆拖鞋裡，立刻又把另一隻踢開了丈把遠。

國良叔驚慌地跑去拾起了那一隻，赤著腳，想逃了。

「哈哈哈哈……」附近的人忽然哄笑了起來。

國良叔給這笑聲留住了腳步，回過頭去望見那警察正在用槍桿敲著他的鞋底。

「白亮亮的，新買的，才穿上！」他笑說著。隨後看見國良叔還站在那裡，便又扳起了面孔，惡狠狠地叫著：「只要上面命令，老子刀不留情！要殺便殺！那怕你是什麼人；——……」

國良叔立刻失了色，赤著腳倉皇地跑著走了，緊緊地把那一隻新買的皮拖鞋夾在自己的腋窩下。

「新生……」他只聽清楚這兩個字，無心去猜測底下那一個模糊的字，也不問這句話是什麼意思，一口氣跑過了幾條街，直到發現已經走了原先所走過的旅館飯店最多的街道，才又安心下來，放緩了腳步。

「這裡好像不要緊了，是租界。」他安慰著自己說，覺得遠離了虎口似的。

但他心裡又立刻起了另一件不快的感覺。他看見很多人穿著拖鞋，鐵塔鐵塔地在他身邊挨了過去，而他自己剛買的一雙新的皮拖鞋卻只孤另另的剩下了一隻了。

「唉，唉……」他惋惜地嘆著氣，緊緊夾著那一隻拖鞋。

他仰起頭來悲哀地望著天空，忽然看見太陽已經落下了遠處西邊的一家二層樓的屋頂，同時發現了自己腹中的空虛，和溼透了衣衫的一身的汗。

「完了，完了……」他苦惱地想，「這樣子，怎麼好吃李公館的酒席……赤著腳，一身汗臭……」

他已經等待不到晚間的酒席，也不想坐到李公館的客堂裡去。他決計索性遲一點回去，讓李公館吃過了飯。他知道這裡離開李公館已經不遠，遲一點回去是不怕的。

「而且是租界……」他想著走進了近邊的一家茶店，泡了一壺茶，買了四個燒餅，津津有味地吃喝起來。在這裡喝茶的全是一些衣衫襤褸打赤腳穿草鞋的人，大家看見他進去了都像認識他似的對他點了點頭。國良叔覺得像回到了自己鄉裡似的，覺得這裡充滿了親氣。

「啊呀！……」和他同桌的一個車伕模樣的人忽然驚訝地叫了起來。「你怎麼帶著一隻拖鞋呀，老哥？還有一隻呢？」

國良叔搖了搖頭，嘆著氣，回答說：

「剛才買的……」

「剛才買的怎麼只有一隻呀？」

「原來有兩只……」

「那麼？……」

「給人家拿去了……」

「拿去了？誰呀？怎麼拿去一隻呢？」

「不准穿……」

「哈哈哈哈……我知道了。」

「你看見的嗎？」

「我沒看見可是我知道。在中國地界，一個警察，是不是呀？」

「是的老哥。」

「那一隻可以拿回來的。」

「你怎麼知道呢，老哥？這是上面命令呀。」

「我知道，可以拿回來，也是上面命令。只要你穿著一雙別的鞋子，拿著這一隻拖鞋去對，就可以拿回來的。」

「真的嗎，老哥？」國良叔說著站了起來，但又忽然坐下了。「唉，難道我再出一元錢去買一雙布鞋穿嗎？……我哪裡來這許多錢呢？……我是個窮人……」

「穿著草鞋也可以的，我把這雙舊草鞋送給你吧。」

「謝謝你，老哥，你為人真好呵。」國良叔又站了起來。「買一雙草鞋的錢，我是有的，不容你費心。」

「這裡可不容易買到，還是送了你吧……」

「不要瞎想了！」旁邊座位上一個工人敲著桌子插了進來。「我也掉過一隻拖鞋的，可並沒找回來！他說你去對，你就去對吧！……那裡堆著好多拖鞋的，山一樣高。那裡是十字路口，怎麼允許你翻上翻下的找！你到局裡去找吧，不上一分鐘，他會這樣告訴你，一面用槍桿敲著你的腿，叫你滾開……你就到局裡去找

吧，那裡的拖鞋更多了，這裡來了一車，那裡來了一車，通通放在一處……你找了一天找不到，怕要到總棧裡去找了，那裡像是堆滿了幾間屋子的……」

「算了，算了，老哥，坐下來喝茶吧。」另一個工人說，「我也掉過一隻的，一點不錯，你還是把這只拖鞋留起來做個紀念吧……買一雙拖鞋，我們要化去幾天的工錢，這樣找起來，又得少收入了幾天工錢，結果卻又找不到……」

國良叔嘆聲氣，付了茶錢，預備走了。

「慢些吧，老哥。」坐在他對面的那個車伕模樣的人叫著說。「找一張報紙包了這一隻拖鞋吧，這地方不是好玩的。人家看見你拿著一隻拖鞋，會疑心你是偷來的呢，況且又是新的……」

他從地上檢起一張舊報紙給包好了，又遞還給國良叔。

國良叔點點頭，說不出的感激，走了。

太陽早已下了山，天已黑了。馬路兩邊點起了紅綠的明耀的電燈，正是最熱鬧最美麗的上海開始的時候。

但國良叔卻沒有好心情。他只想回到鄉裡去。他的鄉思給剛才茶館裡的人引起了。那樣的親切關顧是只有在鄉裡，在一樣地窮苦的種田人中間才有的。「阿哥」，「阿弟」，「阿伯」，「阿叔」，在鄉裡個個是熟人，是親人，你喊我，我喊你，你到我家裡，我到你家裡，什麼也給你想到，提到。在李公館就不同：他不敢跑到客堂間去，不敢上樓去，無論怎樣喜歡他的侄兒子阿寶；他的嫡堂兄弟李國材昨夜只在二樓的涼臺上見他到了涼臺下，說了幾句客套話，也便完了，沒有請他上樓，也沒有多的話。

「做官的到底是做官的，種田的到底是種田的。」他想，感覺到這是應該如此，但同時也感覺到了沒趣。

他一路想著，闌珊地走進了李公館，心裡又起了一陣恐慌。他怕他的堂兄弟在客堂間裡備好了酒席，正在那裡等待他。

「那就糟了，那就糟了……」他想，同時聞到了自己身上的汗臭。

「啊，你回來了嗎？我們等你好久了。」阿二坐在汽工廠的門口說。「少爺買了許多衣服，穿起來真漂亮，下午三點鐘跟著老爺和奶奶坐火車去廬山了。這裡有一封信，是老爺托你帶回家去的；幾元錢，是給你做路費的，他說謝謝你。」

國良叔呆了一陣，望著那一幢黑暗的三層樓，沒精打彩地收了信和錢。

「阿三哥呢？」

「上大世界去了。」

國良叔走進阿三的房子，倒了一盆水抹去了身上的汗，把那一隻新買的拖鞋和一封信一包錢放進藤籃，做了枕頭，便睡了。

「這樣很好……明天一早走……」

第二天黎明他起來洗了臉穿上舊草鞋把錢放在肚兜裡提著那個藤籃出發了。阿二和阿三正睡得濃，他便不再去驚醒他們，只叫醒了管門的阿大。

他心裡很舒暢，想到自己三天內可以到得家鄉。十幾年沒到上海了，這次兩夜一天的擔擱，卻使他很為苦惱，不但打消了他來時的一團高興，而且把他十幾年來在那偏僻的鄉間安靜的心意也攪亂了。

「再不到上海來了。」他暗暗地想，毫不留意的往南火車站走了。

但有一點他卻也不能不覺得悵惘：那便是在鄉裡看著他長大，平日當做自己親生兒子一樣看待的阿寶，現在終於給他送到上海，不容易再見到了。

「從此東西分飛——拆散了……」他感傷地想。

忽然他又想到了那一隻失掉的新買的皮拖鞋：

「好像石沉大海，再也撈不到了……」

他緊緊地夾著那個裝著另一隻拖鞋的藤籃，不時伸進手去摸摸像怕再失掉似的。

「紀念，帶回家去做個紀念，那個人的話一點不錯。好不容易來到上海，好不容易買了一雙拖鞋，現在只剩一隻了。所以這一隻也就更寶貴，值得紀念了。它可是在上海買的，走過許多熱鬧的街道，看過許多的景緻，冒過許多險，進過大公館，現在還要跟著我坐火車，坐汽船，爬山過嶺呀……」

他這樣想著又不覺漸漸高興起來，像得到了勝利似的，無意中加緊了腳步。

街上的空氣漸漸緊張了，人多了起來，車子多了起來，店鋪也多開了門。看看將到南站，中國地界內愈加熱鬧了。尤其是那青天白日的國旗，幾乎家家戶戶都高掛了起來。

「不曉得是什麼事情，都掛起國旗來了，昨天是沒有的。」國良叔想，「好像

歡送我回家一樣……哈哈……說不定昨天夜裡打退了東洋人……」

國良叔不覺大踏步走了起來，好像自己就是得勝回來的老兵士一般。

但突然，他站住了，一臉蒼白，心突突地跳撞起來。

他看見兩個穿白制服背著槍的中國警察從馬路的對面向他跑了過來。

「！……」其中的一個吆喊著。

國良叔驚嚇地低下了頭，兩腿顫慄著，不曉得發生了什麼事。

「把國旗掛起來！聽見嗎？上面命令，孔夫子生日！什麼時候了？再不掛起來，拉你們老闆到局裡去！」

「是，是……立刻去掛了……」國良叔旁邊有人回答說。

國良叔清醒了過來，轉過頭去，看見身邊一家小小的舊貨店裡站著一個中年的女人，在那裡發抖。

「原來不關我的事。」國良叔偷偷地拍拍自己的心口，平靜了下來，隨即往前走了。

「上海這地方真不好玩，一連受了幾次嚇，下次再不來了……」

他擠進熱鬧的車站，買了票，跟著許多人走上火車，揀一個空位坐下，把藤籃放在膝上，兩手支著低垂的頭。

「現在沒事了。」他想，「早點開吧！」

他知道這火車是走得非常快的，兩點鐘後他就將換了汽船，今晚宿在客棧裡明天一早便步行走山路晚上宿在嶺上的客棧裡，後天再走半天就到家了。

「很快很快，今天明天後天……」

他這樣想著彷彿現在已到了家似的，心裡十分舒暢，漸漸打起瞌睡來。

「站起來，站起來！」有人敲著他的肩膀。

國良叔朦朧中聽見有人這樣吆喊著，揉著眼一邊就機械地站起來了。

「給我搜查！」

國良叔滿臉蒼白了。他看見一大隊中國兵拿手槍的拿手槍，背長槍的背長槍，惡狠狠地站在他身邊。說話的那個人摸摸他的兩腋，拍拍他的胸背，一直從胯下摸了下去。隨後搶去了藤籃，給開了開來，一樣一樣地拿出來。

「誰的？」那長官擊著那一隻拖鞋，用著犀利的眼光望望鞋，望望國良叔的腳和面孔。

「我的……」國良叔囁嚅地回答說。

「你的？」他又望了一望他的腳，「還有一隻呢？」

「失掉了……」

「失掉了？新買的？」

「昨天買的……」

「昨天買的？昨天買的就失掉了一隻？」

「是……」

「在什麼地方？……」

「中國地界……」

「放你娘的屁！」那長官一把握住了國良叔的臂膀，「老實說出來！逃不過老子的眼！」

「老爺……」國良叔發著抖，哀呼著。

「給綁起來，帶下去，不是好人！」那官長發了一個命令，後面的幾個兵士立刻用繩索綁了國良叔的手從人群中拖下了火車，擁到辦公室去。

國良叔昏暈了。

「招出來——是××黨？老子饒你狗命！」那長官舉著皮鞭。

「不，不……老爺……饒命……」

「到哪裡去？」

「回家去……」

「什麼地方？」

「黃山岙……」

「黃山岙？從哪裡來？」

「黃山岙……」

「什麼？在上海做什麼？」

「給堂阿哥送孩子來……老爺……」

「什麼時候到的？」

「前天……」

「堂阿哥住在哪裡?」

「地名在這裡……老爺……」國良叔指著肚兜。

那長官立刻扳開他的肚兜，拿出紙條來。

「什麼?堂阿哥叫什麼名字?」

「老爺，叫李國材……是委員……」

「委員?……李國材?……」那長官口氣軟了。轉身朝著身邊的一個兵士：「你去查一查電話簿，打個電話去，看有這回事沒有!……那麼。」他又問國良叔，「你叫什麼名字呢?陳……」

「不，老爺……我叫李國良……」

「好，李國良，我問你，那一隻拖鞋呢?」

「給警察老爺扣留了說……是路上不准穿拖鞋……說是新生……」

「這話倒有點像了，你且把這一隻拖鞋檢查一下。」那長官把拖鞋交給了另一個兵士。

「報告!」派出打電話的那個兵士回來了，做著立正的姿勢，舉著手。「有這件事情，這個人是委員老爺的嫡堂兄弟……」

「得了，得了，放了他吧……」

「報告！」第二個兵士又說了起來，「底底面面都檢查過，沒看見什麼……」

「好，還了你吧，李國良……是你晦氣，莫怪我們，我們是公事，上面命令……趕快上火車，只差三分鐘了……再會再會……」

國良叔像得到大赦了似的，提著藤籃，舉起腿跑了。

「還有三分鐘！」他只聽見這句話。

「拖鞋帶去，拖鞋！」那兵士趕上一步把那一隻拖鞋塞在他的手中。

國良叔看見打旗的已把綠旗揚出了。火車嗚嗚叫了起來，機頭在喀喀地響著。

他倉皇地跑向前，連跳帶爬地上了最後的一輛車子。

火車立刻移動起來，漸漸馳出了車站。

國良叔靠著車廂昏暈了一陣，慢慢清醒轉來，捧著那一隻拖鞋。

那一隻拖鞋已經給割得面是面，底是底，裡子是裡子。

「完了，完了！」國良叔叫著說，「沒有一點用處，連這一隻也不要了！」

他悲哀地望了它一陣，把它從車窗裡丟了出去。

過了一會，國良叔的臉上露出了一點苦笑。

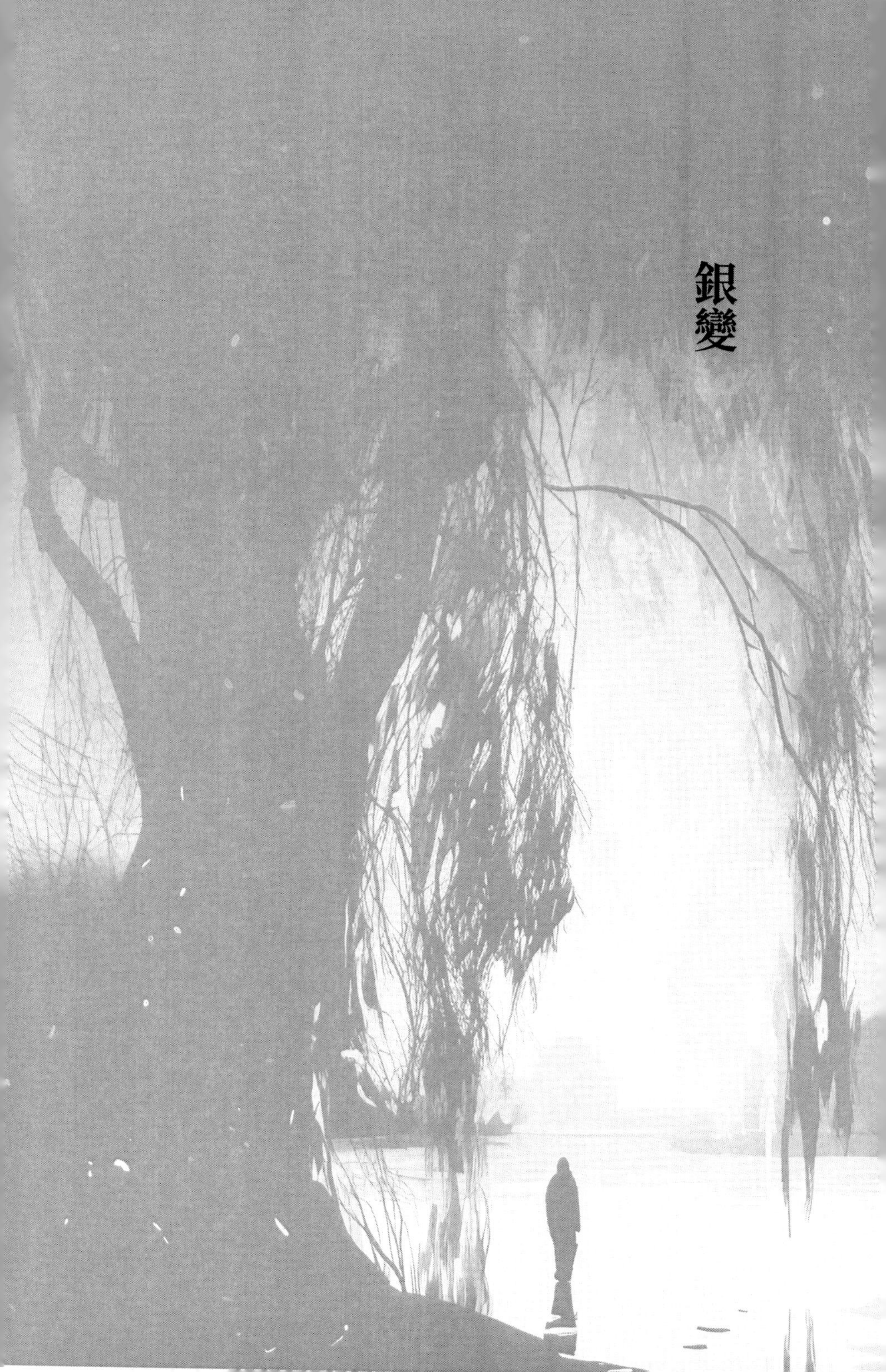

銀變

一

趙老闆清早起來，滿面帶著笑容。昨夜夢中的快樂到這時還留在他心頭，只覺得一身通暢，飄飄然像在雲端裡蕩漾著一般。這夢太好了，從來不會做到過，甚至十年前，當他把銀條銀塊一籮一籮從省城裡祕密地運回來的時候。

他昨夜夢見兩個銅錢，亮晶晶地在草地上發光，他和二十幾年前一樣的想法，這兩個銅錢可以買一籃豆芽菜，趕忙彎下腰去，拾了起來，揣進自己的懷裡。但等他第二次低下頭去看時，附近的草地上卻又出現了四五個銅錢，一樣的亮晶晶地發著光，彷彿還是雍正的和康熙的，又大又厚。他再彎下腰去拾時，看見草地上的錢愈加多了。……倘若是銀元，或者至少是銀角呵，他想，歡喜中帶了一點惋惜……但就在這時，懷中的銅錢已經變了樣了；原來是一塊塊又大又厚的玉，一顆顆又光又圓的珠子，結結實實的裝了個滿懷………現在發了一筆大財了，他想，歡喜得透不過氣來……於是他醒了。

噹，噹，噹，壁上的時鐘正敲了十二下。

他用手摸了一摸胸口，覺得這裡並沒有什麼，只有一條棉被蓋在上面。這是夢，他想，剛才的珠玉是真的，現在的棉被是假的。他不相信自己真的睡在床上，用力睜著眼，踢著腳，握著拳，抖動身子，故意打了幾個寒噤，想和往日一般，要從夢中覺醒過來。但是徒然，一切都證明了現在是醒著的；棉被，枕頭，床子和冷靜而黑暗的周圍。他不禁起了無限的惋惜，覺得平白地得了一筆橫財，又立刻讓它平白地失掉了去。失意地聽著呆板的的答的答的鐘聲，他一直反來覆去，有一點多鐘沒有睡熟。後來實在疲乏了，忽然轉了念頭，覺得雖然是個夢，至少也是一個好夢，才心定神安地打著鼾睡熟了。

清早起來，他還是這樣想著：這夢的確是不易做到的好夢。說不定他又該得一筆橫財了，所以先來了一個吉兆。別的時候的夢不可靠，只有夜半十二時的夢最真實，尤其是每月初一月半——而昨天卻正是陰曆十一月十五。

什麼橫財呢？地上拾得元寶的事，自然不會有了。航空獎券是從來捨不得買的。但開錢莊的老闆卻也常有得橫財的機會。例如存戶的逃避或死亡，放款銀號的倒閉，在這天災人禍接二連三而來，百業凋零的年頭是普通的事。或者現在法幣政策才宣布，銀價不穩定的時候，還要來一次意外的變動。或者這夢是應驗

在……

趙老闆想到這裡，歡喜得摸起鬍鬚來。看相的人說過，五十歲以後的運氣是在下巴上，下巴上的鬍鬚越長，運氣越好。他的鬍鬚現在愈加長了，正像他的現銀越聚越多一樣——哈，法幣政策宣布後，把現銀運到日本去的買賣愈加賺錢了！前天他的大兒子才押著一批現銀出去。說不定今天明天又要來一批更好的買賣哩！

昨夜的夢，一定是應驗在這上面啦，趙老闆想。在這時候，一萬元現銀換得二萬元紙幣也說不定，上下午的行情，沒有人捉摸得定，但總之，現銀越缺乏，現銀的價格越高，誰有現銀，誰就發財。中國不許用，政府要收去，日本可是通用，日本人可是願意出高價來收買。這是他合該發財了，從前在地底下埋著的現銀，忽然變成了珠子和玉一樣的寶貴。——昨夜的夢真是太妙了，倘若銅錢變了金子，還不算希奇，因為金子的價格到底上落得不多，只有珠子和玉是沒有時價的。誰愛上了它，可以從一元加到一百元，從一千元加到一萬元。現在現銀的價格就是這樣，只要等別地方的現銀都收完了，留下來的只有他一家，怕日本人不像買珠子和玉一樣的出高價。而且這地方又太方便了，長豐錢莊正開在熱鬧的畢家上，而熱鬧的畢家卻是鄉下的市鎮，比不得縣城地方，容易惹人注目；而這鄉下的畢家卻又在海邊，駛出去的船隻只要打著日本旗子，透過兩三個島嶼，和停泊在海面假裝漁船的日本船相遇，便萬事如意了。這買賣是夠平穩了。畢家上的公安派出所林所長和趙老闆是換帖的兄弟，而林所長和水上偵緝隊李隊長又是換帖的兄弟。大家分一點好處，明知道是私運現銀，也就不來為難了。

「哈，幾個月後。」趙老闆得意地想：「三十萬財產說不定要變做三百萬啦！這才算是發了財！三十萬算什麼！……」

他高興地在房裡來回的走著，連門也不開，像怕他的祕密給錢莊裡的夥計們知道似的。隨後他走近帳桌，開開抽屜，翻出一本破爛的《增廣玉匣記通書》出來。這是一本木刻的百科全書，裡面有圖有符，人生的吉凶禍福，可以從這裡推求，趙老闆最相信它，平日閒來無事，翻來覆去的唸著，也頗感覺有味。現在他把《周公解夢》那一部分翻開來了。

「詩曰：夜有紛紛夢，神魂預吉凶……黃梁巫峽事，非此莫能窮。」他坐在椅上，搖頭唸著他最記得的句子，一面尋出了「金銀珠玉絹帛第九章。」細細地看了

下去。

金錢珠玉大吉利——這是第二句。

玉積如山大富貴——第五句。

趙老闆得意地笑了一笑，又看了下去。

珠玉滿懷主大凶……

趙老闆感覺到一陣頭暈，伏著桌子喘息起來了。

這樣一個好夢會是大凶之兆，真使他吃嚇不小。沒有什麼吉利也就罷了，至少不要有凶；倘是小凶，還不在乎，怎麼當得起大凶？這大凶從何而來呢？為了什麼事情呢？就在眼前還是在一年半年以後呢？

趙老闆憂鬱地站了起來，推開《通書》，緩慢地又在房中踱來踱去的走了，不知怎樣，他的腳忽然變得非常沉重，彷彿陷沒在泥渡中一般，接著像愈陷愈下了，一直到了胸口使他感覺到異樣的壓迫，上氣和下氣被什麼截做兩段，連結不起來。

「珠玉滿懷……珠玉滿懷……」他喃喃地唸著，起了異樣的恐慌。

他相信夢書上的解釋不會錯。珠玉不藏在箱子裡，藏在懷裡，又是滿懷，不用說是最叫人觸目的，這叫做露財。露財便是凶多吉少。例如他自己，從前沒有錢的時候，是並沒有人來向他借錢的，無論什麼事情，他也不怕得罪人家，不管是有錢的人或有勢的人，但自從有了錢以後，大家就來向他借錢了，今天這個，明天那個，忙個不停，好像他的錢是應該分給他們用的；無論什麼事情，他都不敢得罪人了，尤其是有勢力的人，一個不高興，他們就說你是有錢的人，叫你破一點財。這兩年來市面一落千丈，窮人愈加多，借錢的人愈加多了，借了去便很難歸還，任憑你催他們十次百次，或拆掉他們的屋子把他們送到警察局裡去。

「天下反啦！借了錢可以不還！」他憤怒地自言自語的說。「沒有錢怎樣還嗎？誰叫你沒有錢！沒有生意做——誰叫你沒有生意做呢？哼……」

趙老闆走近帳桌，開開抽屜，拿出一本帳簿來。他的額上立刻聚滿了深長的皺痕，兩條眉毛變成彎曲的毛蟲。他禁不住嘆了一口氣。欠錢的人太多了，五元起，一直到兩三千元，寫滿了厚厚的一本簿子。幾筆上五百一千的，簡直沒有一點希望，他們有勢也有錢，問他借錢，是明敲竹槓。只有那些借得最少的可以緊迫著催討，今天已經十一月十六，陽曆是十二月十一了，必須叫他們在陽曆年內付清。

要不然──休想太太平平過年！

趙老闆牙齒一咬，鼻子的兩側露出兩條深刻的弧形的皺紋來。他提起筆，把帳簿裡的人名和欠款一一摘錄在一個手折上。

「畢尚吉！……哼！」他憤怒的說，「老婆死了也不討，沒有一點負擔，難道二十元錢也還不清嗎？一年半啦！打牌九，又麻將就捨得！──這次限他五天，要不然，拆掉他的屋子！不要面皮的東西！──吳阿貴……二十元……趙阿大……三十五……林大富……十五……周菊香……」

趙老闆連早飯也嚥不下了，借錢的人竟有這麼多，一直抄到十一點鐘。隨後他把唐帳房叫了來說：

「給我每天去催，派得力的人去！……過了限期，通知林所長，照去年年底一樣辦！……」

隨後待唐帳房走出去後，趙老闆又在房中不安地走了起來，不時望著壁上的掛鐘。已經十一點半了，他的大兒子德興還不見回來。照預定的時間，他應該回來一點多鐘了。這孩子做事情真馬虎，二十三歲了，還是不很可靠，老是在外面賭錢弄女人。這次派他去押銀子，無非是想叫他吃一點苦，練習做事的能力。因為同去的同福木行姚經理和萬隆米行陳經理都是最能幹的人物，一路可以指點他。這是最祕密的事情，連自己錢莊裡的人也只知道是趕到縣城裡去換法幣。趙老闆自己老了，經不起海中的波浪，所以也只有派大兒子德興去。這次十萬元現銀，趙老闆名下占了四萬，剩下來的六萬是同福木行和萬隆米行的。雖然也多少冒了一點險，但好處卻比任何的買賣好。一百零一元紙幣掉進一百元現銀，賣給××人至少可作一百十元，像這次是作一百十五元算的，利息多麼好呵！再過幾天，一百二十，一百三十，也沒有人知道！……

趙老闆想到這裡，不覺又快活起來，微笑重新走上了他的眉目間。

「趙老闆！」

趙老闆知道是姚經理的聲音，立刻轉過身來，帶著笑容，對著門邊的客人。但幾乎在同一的時間裡，他的笑容就消失了，心中突突地跳了起來。

走進來的果然是姚經理和陳經理，但他們都露著愴惶的神情，一進門就把門帶上了。

「不好啦，趙老闆！……」姚經理低聲的說，顫慄著聲音。

「什麼？……」趙老闆吃嚇地望著面前兩副蒼白的面孔，也禁不住顫慄起來。

「德興給他們……」

「給他們捉去啦……」陳經理低聲的說。

「什麼？……你們說什麼？……」趙老闆不相信自己的耳朵，重複的問。

「你坐下，趙老闆，事情不要緊……兩三天就可回來的……」陳經理的肥圓的臉上漸漸露出紅色來。「並不是官廳，比不得犯罪……」

「那是誰呀，不是官廳？……」趙老闆急忙地問，「誰敢捉我的兒子？……」

「是萬家灣的土匪，新從盤龍島上來的……」姚經理的態度也漸漸安定了，一對深陷的眼珠又恢復了莊嚴的神情。「船過那裡，一定要我們靠岸……」

「我們高舉著××國旗，他毫不理會，竟開起槍來……」陳經理插入說。

「水上偵緝隊見到我們的旗，倒低低頭，讓我們透過啦，那曉得土匪卻不管，一定要檢查……」

「完啦，完啦！……」趙老闆嘆息著說，敲著自己的心口，「十萬元現銀，唉，我的四萬元！……」

「自然是大家晦氣啦！……運氣不好，有什麼法子……」陳經理也嘆著氣，說。「只是德興更倒楣，他們把他綁著走啦，說要你送三百擔米去才願放他回來……限十天之內……」

「唉，唉……」趙老闆蹬著腳，說。

「我們兩人情願吃苦，代德興留在那裡，但土匪頭不答應，一定要留下德興……」

「那是獨隻眼的土匪頭。」姚經理插入說。「他惡狠狠的說：你們休想欺騙我獨眼龍！我的手下早已布滿了畢家！他是長豐錢莊的小老闆，怕我不知道嗎？哼！回去告訴大老闆，逾期不繳出米來，我這裡就撕票啦！……」

「唉，唉！……」趙老闆呆木了一樣，說不出話來，只會連聲的嘆息。

「他還說，倘若你敢報官，他便派人到趙家村，燒掉你的屋子，殺死你一家人哩……」

「報官！我就去報官！」趙老闆氣憤的說，「我有錢，不會請官兵保護我

嗎？……四萬元給搶去啦，大兒子也不要啦！……我給他拚個命……我還有兩個兒子！……飛機，炸彈，大砲，兵艦，機關槍，一齊去，量他獨眼龍有多少人馬！……解決得快，大兒子說不定也救得轉來……」

「那不行，趙老闆。」姚經理搖著頭，說。「到底人命要緊。雖然只有兩三千土匪，官兵不見得對付得了，也不見得肯認真對付……獨眼龍是個狠匪，你也防不勝防……」

「根本不能報官。」陳經理接著說，「本地的官廳不要緊，倘給上面的官廳知道了，是我們私運現銀惹出來的……」

「唉，唉！……」趙老闆失望地倒在椅上，痛苦得說不出來。

「唉，唉！……」姚經理和陳經理也嘆著氣，靜默了。

「四萬元現銀……三百擔米……六元算……又是一千八百……唉……」趙老闆喃喃地說，「珠玉滿懷……果然應驗啦……早做這夢，我就不做這買賣啦……這夢……這夢……」

他咬著牙齒，握著拳，蹬著腳，用力睜著眼睛，他不相信眼前這一切，懷疑著仍在夢裡，想竭力從夢中覺醒過來。

二

五六天後，趙老闆的脾氣完全變了。無論什麼事情，一點不合他意，他就拍桌罵了起來。他一生從來不曾遇到過這樣大的不幸。這四萬元現銀和三百擔米，簡直挖他的心肺一樣痛。他平常是一分一厘都算得清清楚楚，不肯放鬆，現在竟做一次的破了四萬多財。別的事情可以和別人談談說說，這一次卻一句話也不能對人家講，甚至連嘆息的聲音也只能悶在喉嚨裡，連苦惱的神情也不能露在面上。

「德興到哪裡去啦，怎麼一去十來天才回來呢？」人家這樣的問他。

他只得微笑著說：

「叫他到縣城裡去，他卻到省城裡看朋友去啦……說是一個朋友在省政府當祕書長，他忽然還做官去啦……你想我能答應嗎？家裡又不是沒有吃用……哈，哈……」

「總是路上辛苦了吧，我看他瘦了許多哩。」

的。隨後又怕人家再問下去，就趕忙談到別的問題上去了。

「可不是……」趙老闆說著，立刻變了面色，懷疑人家已經知道了他的祕密似

德興的確消瘦了。當他一進門的時候，趙老闆幾乎認不出來是誰。昨夜燈光底下偷偷地出現在他面前的時候，完全像一個乞丐：穿著一身破爛的衣服，赤著腳，蓬著髮，發著抖。他只輕輕地叫了一聲爸，就哽咽起來。他被土匪剝下了衣服，挨了幾次皮鞭，丟在一個冰冷的山洞裡，每天只給他一碗粗飯。當姚經理把三百擔米送到的時候，獨眼龍把他提了出去，又給他三十下皮鞭。

「你的爺趙道生是個奸商，讓我再教訓你一頓，回去叫他改頭換面的做人，不要再重利盤剝，私運現銀，販賣菸土！要不然，我獨眼龍有一天會到畢家上來！」獨眼龍踞在桌子上憤怒的說。

德興幾乎痛死，凍死，餓死，嚇死了。以後怎樣到的家裡，連他自己也不知道。

「狗東西！……」趙老闆咬著牙，暗地裡罵著說。「搶了我的錢，還要罵我奸商！做買賣不取巧投機，怎麼做？一個一個銅板都是我心血積下來的！只有你狗東

西殺人放火，明搶暗劫，喪天害理！……」

一想到獨眼龍，趙老闆的眼睛裡就冒起火來，恨不能把他一口咬死，一刀劈死。但因為沒處發洩，他於是天天對著錢莊裡的小夥計們怒罵了。

「給我滾出去……你這狗東西……只配做賊做強盜！……」他像發了瘋似的一天到晚喃喃地罵著。

一走到帳桌邊，他就取出帳簿來，翻著，罵著那些欠帳的人。

「畢尚吉！……狗養的賊種！……吳阿貴！……不要面皮的東西！……趙阿大！……混帳！……林大富！……東西！……趙天生！……婊子生的！……吳元本！豬玀！二十元，二十元，三十五，十五，六十，七十，一百，四十……」他用力撥動著算盤珠，篤篤地發出很重的聲音來。

「一個怕一個！我怕土匪，難道也怕你們不成！……年關到啦，還不送錢來！……獨眼龍要我的命，我要你們的命！……」他用力把算盤一丟，立刻走到了店堂裡。

「唐帳房，你們幹的什麼事！……收來了幾筆帳？」

「昨天催了二十七家，收了四家，吳元本，趙天生的門給封啦，趙阿大交給了林所長……今年的帳真難收，老闆……」唐帳房低著頭，囁嚅地說。

「給我趕緊去催！過期的，全給我拆屋，封門，送公安局！……哼！哪有借了不還的道理！……」

「是的，是的，我知道，老闆……」

趙老闆皺著眉頭，又踱進了自己的房裡，喃喃地罵著：

「這些東西真不成樣……有債也不會討………吃白飯，拿工錢……哼，這些東西……」

「趙老闆！……許久不見啦！好嗎？」門外有人喊著說。

趙老闆轉過頭去，進來了一位斯文的客人。他穿著一件天藍的綢長袍，一件黑緞的背心，金黃的表練從背心的右袋斜掛到背心的左上角小袋裡。一副瘦長的身材，瘦長的面龐，活潑的眼珠，顯得清秀，精緻，風流。

「你這個人……」趙老闆帶著怒氣的說。

「哈，哈，哈！……」客人用笑聲打斷了趙老闆的語音。「陽曆過年啦，特來給趙老闆賀年哩！……發財，發財！……」

「發什麼財！」趙老闆不快活的說，「大家借了錢都不還……」

「哈，哈，小意思！不還你的能有幾個！……大老闆，不在乎，發財還是發財——明年要成財百萬啦……」客人說著，不待主人招待，便在帳桌邊坐下了。

「明年，明年，這樣年頭，今年也過不了，還說什麼明年……像你，畢尚吉也有……」

「哈，哈，我畢尚吉也有三十五歲啦，哪裡及得你來……」客人立刻用話接了上來。

「我這裡……」

「可不是！你多財多福！兒子生了三個啦，我連老婆也沒有哩！……今年過年真不得了，從前一個難關，近來過了陽曆年還有陰曆年，大老闆不幫點忙，我們這些窮人只好造反啦！——我今天有一件要緊事，特來和老闆商量呢！……」

「什麼？要緊事嗎？」趙老闆吃驚地說，不由得心跳起來，彷彿又有了什麼禍事似的。

「是的，於你有關呢，坐下，坐下，慢慢的告訴你……」

「於我有關嗎？」趙老闆給呆住了，無意識地坐倒在帳桌前的椅上。「快點說，什麼事？」

「咳，總是我倒楣……昨晚上輸了兩百多元……今天和趙老闆商量，借一百元做本錢……」

「瞎說！」趙老闆立刻站了起來，生著氣。「你這個人真沒道理！前帳未清，怎麼再開口！……你難道忘記了我這裡還有帳！」

「小意思，算是給我畢尚吉做壓歲錢吧……」

「放——屁！」趙老闆用力罵著說，心中發了火。「你是我的什麼人？你來敲我的竹槓！」

「好好和你商量，怎麼開口就罵起來？哈，哈，哈！坐下來。慢慢說吧！……」

「誰和你商量！——給我滾出去！」

「阿，一百元並不多呀！」

「你這不要面皮的東西！……」

「誰不要面皮？」畢尚吉慢慢站了起來，仍露著笑臉。

「你——你！你不要面皮！去年借去的二十元，給我三天內送來！要不然……」

「要不然——怎麼樣呢？」

「弄你做不得人！」趙老闆咬著牙齒說。

「哦——不要生氣吧，趙老闆！我勸你少拆一點屋子，少捉幾個人，要不然，窮人會造反哩！」畢尚吉冷笑著說。

「你敢！我怕你這光棍不成！」

「哈，哈，敢就敢，不敢就不敢……我勸你慎重一點吧……一百元不為多。」

「你還想一千還是一萬嗎？咄！二十元錢不還來，你看我辦法！……」

「隨你的便，隨你的便，只不要後悔……一百元，絕不算多……」

「給我滾！……」

「滾就滾。我是讀書人從來不板面孔，不罵人。你也罵得我夠啦，送一送吧……」畢尚吉狡猾地霎了幾下眼睛，偏著頭。

「不打你出去還不夠嗎？不要臉的東西！冒充什麼讀書人！」趙老闆握著拳頭，狠狠的說，恨不得對準著畢尚吉的鼻子，一拳打了過去。

「是的，承你多情啦！再會，再會，新年發財，新年發財！……」畢尚吉微笑地揮了一揮手，大聲的說著，慢慢地退了出去。

「畜生！……」趙老闆說著，砰的關上了門。「和土匪有什麼分別！……非把他送到公安局裡去不可！……十個畢尚吉也不在乎！……說什麼窮人造反！看你窮光蛋有這膽量！……我賺了錢來，應該給你們分的嗎？……哼！真是反啦！借了錢可以不還！還要強借！……良心在哪裡？王法在哪裡？……不錯，獨眼龍搶了我現銀，那是他有本領，你畢尚吉為什麼不去落草呢？……」

趙老闆說著，一陣心痛，倒下在椅上。

「唉，四萬二千元，天曉得！……獨眼龍吃我的血！……天呵，天呵！……」

他突然站了起來，憤怒地握著拳頭：

「我要畢尚吉的命！……」

但他立刻又坐倒在別一個椅上：

「獨眼龍！獨眼龍！……」

他說著又站了起來，來回的踱著，一會兒又呆木地站住了腳，搓著手。他的面色一會兒紅了，一會兒變得非常的蒼白。最後他咬了一陣牙齒，走到帳桌邊坐下，取出一張信紙來。寫了一封信：

伯華所長道兄先生閣下茲啟者畢尚吉此人一向門路不正嫖賭為生前欠弟款任憑催索皆置之不理乃今日忽又前來索詐恐嚇聲言即欲造反起事與獨眼龍合兵進攻省城為此祕密奉告即祈迅速逮捕正法以靖地方為幸……

趙老闆握筆的時候，氣得兩手都顫慄了。現在寫好後重複的看了幾遍，不覺心中寬暢起來，面上露出了一陣微笑。

「現在你可落在我手裡啦，畢尚吉，畢尚吉！哈，哈！」他搖著頭，得意地說。

「量你有多大本領！……哈，要解決你真是不費一點氣力！」

他喃喃地說著，寫好信封，把它緊緊封好，立刻派了一個工人送到公安派出所去，叮囑著說：

「送給林所長，拿回信回來——聽見嗎？」

隨後他又不耐煩地在房裡來回的踱著，等待著林所長的回信，這封信一去，他相信畢尚吉今天晚上就會捉去，而且就會被槍斃的。不要說是畢家，即使是在附近百數十里中，平常無論什麼事情，只要他說一句話，要怎樣就怎樣。倘若是他的名片，效力就更大；名片上寫了幾個字上去，那就還要大了。趙道生的名片是可以嚇死鄉下人的。至於他的親筆信，即使是官廳，也有符咒那樣的效力。何況今天收信的人是一個小小的所長？更何況林所長算是和他換過帖，要好的兄弟呢？

「珠玉滿懷主大凶……」趙老闆忽然又想起了那個夢，「自己已經應驗過啦，現在讓它應驗到畢尚吉的身上去！……不是槍斃，就是殺頭……要改為坐牢也不能！沒有誰會給他說情，又沒有家產可以買通官路……你這人運氣太好啦，剛剛遇到獨眼龍來到附近的時候。造反是你自己說的，可怪不得我！……哈哈……」

趙老闆一面想，一面笑，不時往門口望著。從長豐錢莊到派出所只有大半里路，果然他的工人立刻就回來了，而且帶了林所長的回信。

趙老闆微笑地拆了開來，是匆忙而草率的幾句話：

惠示敬悉弟當立派得力弟兄武裝出動前去圍捕……

趙老闆重複地暗誦了幾次，幌著頭，不覺哈哈大笑起來，隨後又怕這祕密洩露了出去，又立刻機警地遏制了笑容，假皺著眉毛。

忽然，他聽見了屋外一些腳步聲，急速地走了過去，中間還夾雜著槍把和刺刀的敲擊聲。他趕忙走到店堂裡，看見十個巡警緊急地往東走了去。

「不曉得又到哪裡捉強盜去啦……」他的夥計驚訝地說。

「時局不安靜，壞人真多——」另一個人說。

「說不定獨眼龍……」

「不要胡說！……」

趙老闆知道那就是去捉畢尚吉的，遏制著自己的笑容，默然走進了自己的房裡，帶上門，坐在椅上，才哈哈地笑了起來。

他的幾天來的痛苦，暫時給快樂遮住了。

三

畢尚吉沒有給捕到。他從長豐錢莊出去後，沒有回家，有人在往縣城去的路上見到他匆匆忙忙的走著。

趙老闆又多了一層懊惱和憂愁。懊惱的是自己的辦法來得太急了，畢尚吉一定推測到是他做的。憂愁的是，他知道畢尚吉相當的壞，難免不對他尋報復，他是畢家上的人，長豐錢莊正開在畢家上，誰曉得他會想出什麼鬼計來！

於是第二天早晨，趙老闆回到自己的家裡去了。一則暫時避避風頭，二則想調養身體。他的精神近來漸漸不佳了。他已有十來天不曾好好的睡覺，每夜躺在床上老是合不上眼睛，這樣想那樣想，一直到天亮。一天三餐，嘗不出味道。

「四萬元現銀……三百擔米……獨眼龍……畢尚吉……」這些念頭老是盤旋在他的腦裡。苦惱和氣憤像銼刀似的不息地銼著他的心頭。他不時感到頭暈，眼花，面熱，耳鳴。

趙家村靠山臨水，比畢家清靜許多，但也頗不冷靜，周圍有一千多住戶。他所新造的七間兩弄大屋緊靠著趙家村的街道，街上住著保衛隊，沒有盜劫的恐慌。他家裡也藏著兩枝手槍，有三個男工守衛屋子。飲食起居，樣樣有人侍候。趙老闆一回到家裡，就覺得神志安定，心裡快活了一大半。

當天夜裡，他和老闆娘講了半夜的話，把心裡的鬱悶全傾吐完了，第一次睡了一大覺，直至上午十點鐘，縣政府蔣科長來到的時候，他才被人叫了醒來。

「蔣科長？……什麼事情呢？……林所長把畢尚吉的事情呈報縣裡去了嗎？……」他一面匆忙地穿衣洗臉，一面猜測著。

蔣科長和他是老朋友，但近來很少來往，今天忽然跑來找他，自然有很要緊的事了。

趙老闆急忙地走到了客堂。

「哈哈，長久不見啦，趙老闆！你好嗎？」蔣科長挺著大肚子，呆笨地從嵌鑲的靠背椅上站了起來，笑著，點了幾下肥大的頭。

「你好，你好！還是前年夏天見過面——現在好福氣，胖得不認得啦！」趙老

闆笑著說。「請坐，請坐，老朋友，別客氣！」

「好說，好說，哪有你福氣好，財如山積！——你坐，你坐！」蔣科長說著，和趙老闆同時坐了下來。

「今天什麼風，光顧到敝舍來？——吸菸，吸菸！」趙老闆說著，又站了起來，從桌子上拿了一枝紙菸，親自擦著火柴，送了過去。

「有要緊事通知你……」蔣科長自然地接了紙菸，吸了兩口，低聲的說，望了一望門口。「就請坐在這裡，好講話……」

他指著手邊的一把椅子。

趙老闆驚訝地坐下了，側著耳朵過去。

「畢尚吉這個人，平常和你有什麼仇恨嗎？」蔣科長低聲的問。

趙老闆微微笑了一笑。他想，果然給他猜著了。略略躊躇了片刻，他搖著頭，說：

「沒有！」

「那麼，這事情不妙啦，趙老闆……他在縣府裡提了狀紙呢！」

「什麼?……他告我嗎?」趙老闆突然站了起來。

「正是……」蔣科長點了點頭。

「告我什麼?你請說!……」

「你猜猜看吧!」蔣科長依然笑著,不慌不忙的說。

趙老闆的臉色突然青了一陣。蔣科長的語氣有點像審問。他懷疑他知道了什麼祕密。

「我怎麼猜得出!……畢尚吉是狡詐百出的……」

「罪名可大呢:販賣菸土,偷運現銀,勾結土匪……哈哈哈……」

趙老闆的臉色更加慘白了,他感覺到蔣科長的笑聲裡帶著譏刺,每一個字說得特別的著力,彷彿一針針炙著他的心。隨後他忽然紅起臉來,憤怒的說:

「哼!那土匪!他自己勾結了獨眼龍,親口對我說要造反啦,倒反來誣陷我嗎?……蔣科長……是一百元錢的事情呀!……他以前欠了我二十元,沒有還,前天竟跑來向我再借一百元呢!我不答應,他一定要強借,他說要不然,他要造反啦!——這是他親口說的,你去問他!畢家的人都知道,他和獨眼龍有來

往！……」

「那是他的事情，關於老兄的一部份，怎麼翻案呢？我是特來和老兄商量的，老兄用得著我的地方，沒有不設法幫忙哩……」

「全仗老兄啦，全仗老兄……畢尚吉平常就是一個流氓……這次明明是索詐不遂，亂咬我一口……還請老兄幫忙……我哪裡會做那些違法的事情，不正當的勾當……」

「那自然，誰也不會相信，郝縣長也和我暗中說過啦。」蔣科長微笑著說，「人心真是險惡，為了這一點點小款子，就把你告得那麼凶——誰也不會相信！」

趙老闆的心頭忽然寬鬆了。他坐了下來，又對蔣科長遞了一支香菸過去，低聲的說：

「這樣好極啦！郝縣長既然這樣表示，我看還是不受理這案子，你說可以嗎？」

蔣科長搖了一搖頭：

「這個不可能。罪名太大啦，本應該立刻派兵來包圍，逮捕，搜查的，我已經在縣長面前求了情，說這麼一來，會把你弄得身敗名裂，還是想一個變通的辦法，和普通的民事一樣辦，只派人來傳你，先繳三千元保。縣長已經答應啦，只等你立刻付款去。」

「那可以！我立刻就叫人送去！……不……不是這樣辦……」趙老闆忽然轉了一個念頭，「我看現在就煩老兄帶四千元法幣去，請你再向縣長求個情，繳二千保算了。一千，孝敬縣長，一千孝敬老兄……你看這樣好嗎？」

「哈哈，老朋友，哪有這樣！再求情也可以，郝縣長也一定可以辦到，只是我看孝敬他的倒少了一點，不如把我名下的加給他了吧！……你看什麼樣？」

「哪裡的話！老兄名下，一定少不了，這一點點小款，給嫂子小姐買點脂粉罷了，老朋友正應該孝敬呢……縣長名下，就依老兄的意思，再加一千吧……總之，這事情要求老兄幫忙，全部翻案……」

「那極容易，老兄放心好啦！」蔣科長極有把握的模樣，擺了一擺頭。「我不便多坐，這事情早一點解決，以後再細細的談吧。」

「是的，是的，以後請吃飯……你且再坐一坐，我就來啦……」趙老闆說著，

立刻回到自己的臥室。

他在牆上按下一個手指，牆壁條然開開兩扇門來，他伸手到暗處，一捆一捆的遞到桌上，略略檢點了一下，用一塊白布包了，正想走出去的時候，老闆娘忽然進來了。

「又做什麼呀？——這麼樣一大包！明天會弄到飯也沒有吃呀！……」她失望地叫了起來。

「你女人家懂得什麼！」趙老闆回答說，但同時也就起了惋惜，痛苦地撫摩了一下手中的布包，又復立刻走了出去。

「只怕不很好帶……鄉下只有十元一張的……慢點，讓我去拿一隻小箱子來吧！」趙老闆說。

「不妨，不妨！」蔣科長說。「我這裡正帶著一隻空的小提包，本想去買一點東西的，現在就裝了這個吧。」

蔣科長從身邊拿起提包，便把鈔票一一放了進去。

「老實啦……」

「笑話，笑話……」

「再會吧……萬事放心……」蔣科長提著皮包走了。

「全仗老兄，全仗老兄……」

趙老闆一直送到大門口，直到他坐上轎，出發了，才轉了身。

「唉，唉！……」趙老闆走進自己的臥室，開始嘆息了起來。

他覺得一陣頭暈，胸口有什麼東西衝到了喉嚨，兩腿發著抖，立刻倒在床上。

「你怎麼呀？」老闆娘立刻跑了進來，推著他身子。

趙老闆臉色完全慘白了，翕動著嘴唇，喘不過氣來。老闆娘連忙灌了他一杯熱開水，拍著他的背，撫摩著他的心口。

「唉，唉……珠玉滿懷……」他終於漸漸發出低微的聲音來，「又是五千元……五千元……」

「誰叫你給他這許多！……已經拿去啦，還難過做什麼……」老闆娘又埋怨又勸慰的說。她的白嫩的臉上也是一陣紅一陣青。

「你哪裡曉得！……，畢尚吉告了我多大的罪……這官司要是敗了，我就

沒命啦……一家都沒命啦……唉，唉，畢尚吉，我和你結下了什麼大仇，你要為了一百元錢，這樣害我呀！……珠玉滿懷……珠玉滿懷……現在果然應驗啦……」

趙老闆的心上像壓住了一塊石頭。他現在開始病了。他感到頭重，眼花，胸膈煩滿，一身疼痛無力。老闆娘只是焦急地給他桂元湯，蓮子湯，參湯，白木耳吃，一連三天才覺得稍稍轉了勢。

但是第四天，他得勉強起來，忙碌了，他派人到縣城裡去請了一個律師，和他商議，請他明天代他出庭，並且來一個反訴，對付畢尚吉。

律師代他出庭了，但是原告畢尚吉沒有到，也沒有代理律師到庭，結果延期再審。

趙老闆憂鬱地過了一個陽曆年，等待著正月六日重審的日期。

正月五日，縣城裡的報紙，忽然把這消息宣布了。用紅色的特號字刊在第二面本縣消息欄的頭一篇：

奸商趙道生罪惡貫天

勾結土匪助銀助糧！
偷運現銀懸掛×旗！
販賣菸土禍國殃民！

後面登了一大篇的消息，把趙老闆的祕密完全揭穿了。最後還來了一篇社評，痛罵一頓，結論認為槍斃抄沒還不足抵罪。

這一天黃昏時光，當趙老闆的大兒子德興從畢家帶著報紙急急忙忙地交給趙老闆看的時候，趙老闆全身發抖了。他沒有一句話，只是透不過氣來。

他本來預備第二天親自到庭，一則相信郝縣長不會對他怎樣，二則畢尚吉第一次沒有到庭，顯然不敢露面，他親自出庭可以證明他沒有做過那些事情，所以並不畏罪逃避。但現在他沒有膽量去了，仍委託律師出庭辯護。

這一天全城鼎沸了，法庭裡擠滿了旁聽的人，大家都關心這件事情。

畢尚吉仍沒有到，也沒有出庭，他只來了一封申明書，說他沒有錢請律師，而自己又病了。於是結果又改了期。

當天下午，官廳方面派了人到畢家，把長豐錢莊三年來的所有大小帳簿全吊去

檢查了。

「那只好停業啦，老闆，沒有一本帳簿，還怎麼做買賣呢？……這比把現銀提光了，還要惡毒！沒有現銀，我們可以開支票，可以到上行去通融，拿去了我們的帳簿，好像我們瞎了眼睛，聾了耳朵，啞了嘴巴……」唐帳房哭喪著臉，到趙家村來訴說了。「誰曉得他們怎樣查法！叫我們核對起來，一天到晚兩個人不偷懶，也得兩三個月呢！……他們不見得這麼閒，拖了下去，怎麼辦呀？……人欠欠人的帳全在那上面，我們怎麼記得清楚？」

「他們沒有告訴你什麼時候歸還嗎？」

「我當然問過啦，來的人說，還不還，不能知道，要通融可以到他家裡去商量。他願意暗中幫我們的忙……」

「唉……」趙老闆搖著頭說，「又得花錢啦……我走不動，你和德興一道去吧⋯向他求情，送他錢用，可少則少，先探一探他口氣，報館裡也一齊去疏通，今天副刊上也在罵啦……真冤枉我！」

「可不是！誰也知道這是冤枉的！……畢家上的人全知道啦……」

唐帳房和德興進城去了，第二天回來的報告是：總共八千元，三天內發還帳簿，報館裡給長豐錢莊登長年廣告，收費五千元。

趙老闆連連搖著頭，沒有一句話。這一萬三千元沒有折頭好打。

隨後林所長來了，報告他一件新的消息：縣府的公事到了派出所和水上偵緝隊，要他們會同調查這一個月內的船隻，有沒有給長豐錢莊或趙老闆裝載過銀米菸土。

「都是自己兄弟，你儘管放心，我們自有辦法的。」林所長安慰著趙老闆說。「只是李隊長那裡，我看得送一點禮去，我這裡弟兄們也派一點點酒錢吧，不必太多，我自己是絕不要分文的……」

趙老闆驚訝地睜了眼睛，呆了一會，心痛地說：

「你說得是。……你說多少呢？」

「他說非八千元不辦，我已經給你說了情，減做六千啦……他說自己不要，部下非這數目不可，我看他的部下比我少一半，有三千元也夠啦，大約他自己總要拿三千的。」

「是，是……」趙老闆憂鬱地說，「那麼老兄這邊也該六千啦？……」

「那不必！五千也就夠啦！我不怕我的部下鬧的！」

趙老闆點了幾下頭，假意感激的說：

「多謝老兄……」

其實他幾乎哭了出來。這兩處一萬一千元，加上報館，縣府，去了一萬二千，再加上獨眼龍那裡的四萬二千，總共七萬一千了。他做夢也想不到，有了一點錢，會被大家這樣的敲詐。獨眼龍拿了四萬多去，放了兒子一條命，現在這一批人雖然拿了他許多錢，放了他一條命，但他的名譽全給破壞了，這樣的活著，比一刀殺死還痛苦。而且，這案子到底結果怎樣，還不能知道。他反訴畢尚吉勾結獨眼龍，不但沒有被捕，而且反而又在畢家大模大樣的出現了，幾次開庭，總是推病不到。而他卻每改一次期，得多用許多錢。

這樣的拖延了兩個月，趙老闆的案子總算審給了。

勝利是屬於趙老闆的。他沒有罪。

但他用去了不小的一筆錢。

「完啦，完啦！」他嘆息著說。「我只有這一點錢呀！……」

他於是真的病了。心口有一塊什麼東西結成了一團，不時感覺到疼痛。咳嗽得很厲害，吐出濃厚的痰來，有時還帶著紅色。夜裡常常發熱，出汗，做惡夢。醫生說是肝火，肺火，心火，開了許多方子，卻沒有一點效力。

「錢已經用去啦，還懊惱做什麼呀？」老闆娘見他沒有一刻快樂，便安慰他說。「用去了又會回來的……何況你又打勝了官司……」

「那自然，要是打敗了，還了得！」趙老闆回答著說，心裡也稍稍起了一點自慰。「畢尚吉是什麼東西呢！」

「可不是！……」老闆娘說著笑了起來。「即使他告到省裡，京裡，也沒用的！」

趙老闆的臉色突然慘白了。眼前的屋子急速地旋轉了起來，他的兩腳發著抖，彷彿被誰倒懸在空中一樣。

他看見地面上的一切全變了樣子，像是在省裡，像是在京裡。他的屋前停滿了銀色的大汽車，幾千萬人紛忙地雜亂地從他的屋內搬出來一箱一箱的現銀和鈔票，裝滿了汽車。疾馳地駛了出去。隨後那些人運來了一架很大的起重機，把他的屋

子像吊箱子似的吊了起來，也用汽車拖著走了……

一個穿著黑色袍子，戴著黑紗帽子的人，端坐在一張高桌後，伸起一枚食指，大聲地喊著說：

「上訴人畢尚吉，被告趙道生，罪案……著將……」

中人

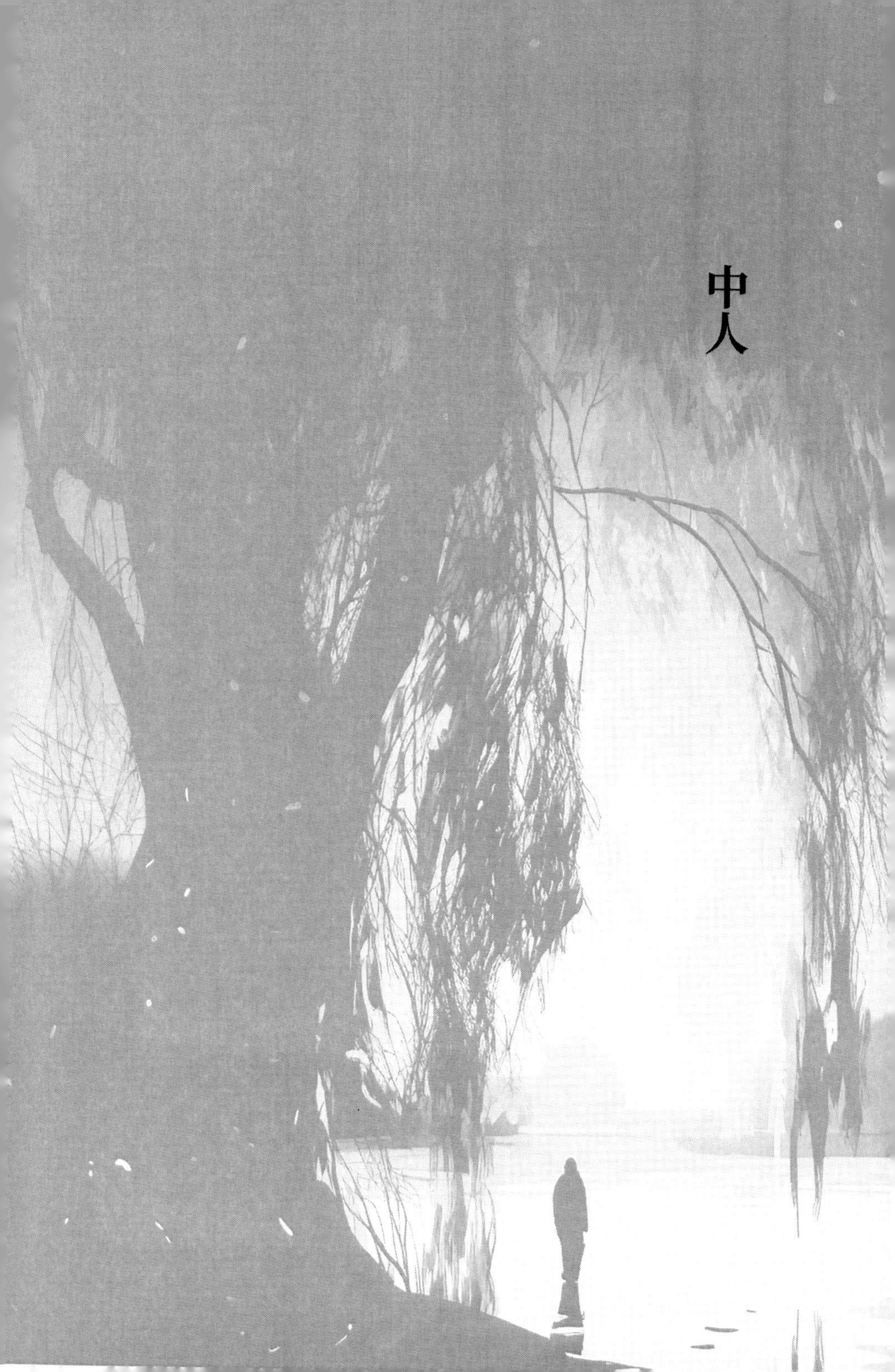

端陽快到了。

阿英哥急急忙忙地離開了陳家村，向朱家橋走去。一路來溫和的微風的吹拂，使他感覺到渾身通暢，無意中更加增加了兩腳的速度，彷彿乘風破浪的模樣。他的前途頗有希望。

美生嫂是他的親房，剛從南洋回來。聽說帶著許多錢。美生哥從小和他很要好，可惜現在死了。但這個嫂子對他也不壞，一見面就說：

「哦，你就是阿英叔嗎？——多年不見了，老了這許多……我們在南洋常常記掛著你哩！近來好嗎？請常常到我家裡來走走吧！」

她說著，暗地裡打量著他的衣衫，彷彿很憐憫似的皺了一會眉頭，隨後笑著說：

「聽說你這幾年來運氣不大好……這不必愁悶，運氣好起來，誰也不曉得的……像你這樣的一個好人！」

最後他出來時，她背著別人，送了他兩元現洋，低聲的說：

「遠遠回來，行李多，不便帶禮物……就把這一點點給嬸嬸買脂粉吧。」

他當時真是感動得快流下眼淚來了！

這三年，他的運氣之壞，連做夢也不會做到。最先是死母親，隨後是死兒子，最後是關店鋪，半年之內，跟著來。他這裡找事，那裡託人，只是碰不到機會。一家六口，天天要吃要穿，貨價又一天高似一天，兼著關店時負了債，變田賣屋，還償清不了。最後單剩了三間樓房，一年前就想把它押了賣了，卻沒有一個顧主。大家都說窮，連償債也不要。他的上代本來是很好的，一到他手裡忽然敗了下來，陳家村裡的人就都議論紛紛，說他是賭光的，嫖光的，吃光的，沒有一個人看得他起。從前人家向他借錢，他沒有不借給人家；後來他向人家借錢，說了求了多少次，人家才借給他一元兩元。而且最近，連一元半元也沒有地方借了。人家一見到他，就遠遠地避了開去，彷彿他身上生著刺，生著什麼可怕的傳染病一般。

美生嫂的回來，他原是怕去拜望她的。他知道她有錢，他相信她和別的人一樣，見著他這個窮人害怕。但想來想去，總覺得她和他是親房，美生哥從小和他很好，這次美生嫂遠道回來，陳家村裡的人幾乎全去拜望過她了，單有他不去，是於情於理說不過去的。所以他終於去了。他可沒有存著對她有所要求的念頭。

然而事情卻完全出乎他意料之外，美生嫂一見面就非常親熱，說她常常記念他，現在要他常常到她家裡去，並不看見他衣服穿的襤褸，有什麼不屑的神情，反而說他是好人，安慰他好運氣自會來到的。而且，臨行還送他錢用。又怕他難堪，故意說是給他的妻子買脂粉用的。這樣的情誼，真是他幾年來第一次遇到！

她真的是一個十足的好人，他這幾天來還聽到她許多的消息。說是她在南洋積了不少的錢，現在回到家中要做慈善事業了：要修朱家橋的橋，陳家村的祠堂，要鋪石鎮的路，要設施粥廠，要開平民醫院……一個人有一個人的說法，但總之，全是做好事！她有多少錢呢？有的說是五萬，有的說是十萬，二十萬，也有人說是五十萬，總之，是一個很有錢的女人！

於是阿英哥不能不對她有所要求了。

他想，倘若她修橋鋪路，她應該用得著他去監工，若她辦平民醫院，應該用得著他做個會計，或事務員，或者至少給她做個掛號或傳達。

但這還只是將來的希望，他眼前還有一個更迫切的要求，必須對她提出。那就是，端陽快到了，他需要一筆款子。

他不想開口向她借錢，他想把自己的屋子賣給她。他想起來，這在她應該是需要的。她本是陳家村裡的人，從前的屋子已經給火燒掉，現在新屋還沒有造，所以這次回來就只好住在朱家橋的親戚家裡。她只有兩個十幾歲的兒子，人口並不多，他的這三間樓房，現在給她一家三口住是很夠的，倘若將來另造新屋，把這一份分給一個兒子也很合宜。況且連著這樓房的祖堂正是她也有份的，什麼事情都方便。新屋造起了，這老屋留著做棧房也好，租給人家也好。他想來想去，這事於她沒有一點害處。至於他自己呢，將來有了錢，造過一幢新的；沒有錢，租人家的屋子住。眼前最要緊的是還清那些債。那是萬萬不能再拖過端陽節了！年關不曾還過一個錢——天曉得，他怎樣挨過那年關的！……

他一想到這裡，不覺心房砰砰的跳了起來，兩腳有點踉蹌了。

阿芝嬸，阿才哥，得福嫂，四喜公……彷彿迎面走來，伸著一隻手指逼著他的眼睛，就將刺了進來似的……

「端陽到了！還錢來！」

阿英哥流著一頭的汗，慌慌張張走進了美生嫂的屋裡。

「喔！——阿英叔！……」美生嫂正從後房走到前房來，驚訝地叫著說。

「阿嫂……」

「請坐，請坐……有什麼要緊事情嗎？怎麼走出汗來了……」

「是……天氣熱了哩……」阿英哥答應著，紅了臉，連忙拿出手巾來揩著額角，輕輕地坐在一把紅木椅上。

「不錯，端陽快到了……」美生嫂笑著說。

阿英哥突然站了起來。他覺得她已經知道他的來意了。

「就是為的這端陽，阿嫂……」他說到這裡，畏縮地中止了，心中感到了許多不同的痛苦。

美生嫂會意地射出尖銳的眼光來，瞪了他一下，皺了一皺眉頭，立刻用別的話宕了開去：

「在南洋，一年到頭比現在還熱哩……你不看見我們全晒得漆黑了嗎？哈哈，簡直和南洋土人差不多呢！……」

「真的嗎？……那也，真奇怪了……」阿英叔沒精打彩的回答說。他知道溜過了說明來意的機會，心裡起了一點焦急。

「在那裡住了幾年，可真不容易！冬天是沒有的，一年四季都是夏天，熱死人！吃也吃不慣！為了賺一碗飯吃，在那裡受著怎麼樣的苦呵！……」

「錢到底賺得多……」

「哪裡的話，回到家來，連屋子也沒有住！」

「正是為的這個，阿嫂，我特地來和你商量的……」

美生嫂驚訝地望著阿英哥，心裡疑惑地猜測著，有點摸不著頭腦。她最先確信他是借錢而來的，卻不料倒是和她商量她的事情。

「叔叔有什麼指教呢？」她虛心地說。

「嫂嫂是陳家村人，祖業根基都在陳家村……」

「這話很對……」

「陳家村裡的人全是自己人，朱家橋到底只有一家親戚，無論什麼事情總是住在陳家村方便……」

「唉，一點不錯……住在朱家橋真是冷落，沒有幾個人相識……」美生嫂嘆息著說。

「還有，祖堂也在那邊，有什麼事情可以公用。這裡就沒有。」

「叔叔的話極有道理，不瞞你說，我住在這裡早就覺著了這苦處，只是……我們陳家村的老屋……」

「那不要緊。現在倒有極合宜的屋子。」

「是怎樣的屋子，在哪裡呀？」美生嫂熱心地問。

「三間樓房……和祖堂連起來的……」阿英哥囁嚅地說，心中起了慚愧。

「那不是和叔叔的一個地方嗎？是誰的，要多少錢呢？那地方倒是好極了，離河離街都很近，外面有大牆。」她高興的說。

「倘嫌少了，要自己新造，這三間樓房留著也有用處。」

「我哪裡有力量造新屋！有這麼三間樓房也就夠了。叔叔可問過出主，要多少錢？是誰的呢？倘若要買，自然就請叔叔做個中人。」

阿英哥滿臉通紅了，又害羞又歡喜，他站了起來，走近美生嫂的身邊，望了一望門口，低聲地囁嚅的說：

「不瞞阿嫂……那屋子‧就是……我的……因為端陽到了……我要還一些債……價錢隨阿嫂……」

「怎麼？……」美生嫂驚詫地說，皺了一皺眉頭，投出輕蔑的眼光來。「那你們自己住什麼呢？」

「另外……想辦法……」

「那不能！」美生嫂堅決的說，「我不能要你的屋，把你們趕到別處去！這太罪過了！」

「不，阿嫂……」阿英哥囁嚅地說，「我們可以另外租屋的，揀便宜一點……小一點……有一間房子也就夠了……」

「喔，這真是罪過！」美生嫂搖著頭說，「我寧願買別人的屋子。你是我的親房！」

「因為是親房，所以說要請阿嫂幫忙……端節快到了，我欠著許多債……無論是賣，是押……」

「你一共欠了許多債呢？」

「一共六百多元……」

「喔，這數目並不多呀！……」她仰著頭說。「屋子值多少呢？」

「新造總在三千元以上，賣起來……阿嫂肯買，任憑阿嫂吧……我也不好討價……」

「不瞞叔叔說。」美生嫂微微地合了一下眼睛，說，「屋子倒是頂合宜的，叔叔一定要賣，我不妨答應下來，只是我現在的錢也不多，還有許多用處……都很要緊，你讓我盤算一兩天吧。」

「謝謝阿嫂。」阿英哥感激地說，「那麼，我過一兩天再來聽回音……總望阿嫂幫我的忙……」他說著高興地走了出去。

「那自然，叔叔的事情，好幫總要幫的！」

美生嫂說著，對著他的背影露出苦笑來，隨後她暗暗地嘆息著說：

「唉！一個男子漢這樣的沒用！」她搖著頭。「田賣完了，還要賣屋！從前家產也不少，竟會窮到沒飯吃！……做人真難，說窮了，被人欺，說有錢，大家就打主意這個來借，那個來捐……剛才說不願意買，他就說押也好，倘若說連押也不要，那他一定要說借了，倒不如答應他買的好……但是，買不買呢？嘻！真是各人苦處自己曉得！……」

美生嫂想到這裡，不覺皺上了眉頭。

她的苦處，真是只有她自己曉得。現在人家都說她發了財回來了，卻不曉得她還有多少錢。

三四年前，她手邊積下了一點錢，那是真的。但以後南洋的生意一天不如一天，她的錢也漸漸流出去了。一年前，美生哥生了三個月的病，不能做生意，還須吃藥打針，死後幾乎連棺材也買不起，她現在總算帶著兩個孩子把美生哥的棺材運回來了。這是一件太困難的事！幸而她會設法，這裡募捐，那裡借債，哭哭啼啼的弄到了三千元路費。回到家裡，唸佛出喪，開山做墳，家鄉自有家鄉的老辦法，一點也不能省儉。

「南洋回來的！」大家都這麼說，伸著舌頭。下面的意思不說也就明白了：南洋是頂頂有錢的地方，從那邊回來的沒有一個不發財。無論怎樣辦，說是在那邊做生意虧了本，沒有一個人不搖頭，說這是假話。在南洋，大家相信，即使做一個茶

房，也能發財。十年前就有過這樣的例子。

「那是出金子出珠子的地方，到處都是，土人把它當沙子一樣看待的！」從前那個做茶房的發了財回來告訴大家說。大家聽了，都想去，只是沒有這許多路費。現在美生嫂居然在那邊住了許多年，還扛著一口棺材回來，誰能不相信她發了財呢？許多人甚至不相信美生哥真的死了，他們還懷疑著那口棺材裡面是藏著金子的。

美生嫂知道窮人不容易過日子，到處會給人家奚落，譏笑，欺侮，平日就假裝有錢的樣子，現在回到家鄉，也就愈加不得不把自己當做有錢的人了。因為雖說她是這鄉間生長的女人，離開久了，人地生疏了許多，娘家夫家的親人又沒有一個，孤零零的最不容易立足。所以當人家羨慕稱讚她發了財回來的時候，她便故意裝出謙虛的樣子，似承認而不承認的說：

「哪裡的話，在南洋也不過混日子，哪裡說得上發財！有幾百萬幾千萬家當，才配得上說發財呢！」

她這麼說，聽的人就很清楚了。倘若她沒有百萬家當，幾十萬是該有的，沒有幾十萬，幾萬也總是有的。於是她終是一個發了財的人了。

發了財回來，做些什麼事呢？大家都關心著這事。有些人相信她將買田造屋，因為她的老屋已經沒有了。有些人相信她將做好事，修橋鋪路，辦醫院，因為她前生有點欠缺，所以今生早年守寡，現在得來修點功德。有些人相信她將開店鋪做生意，因為她有兩個兒子，丈夫死了，不能坐吃山空。大家這樣猜想，那樣猜想，一傳十，十傳百，不曉得怎的這些意思就全變成了美生嫂自定的計劃，說她決定買田造屋了，決定修橋鋪路了，決定……於是今天這個來，明天那個來，有賣田的，賣屋的，有木匠，有石匠，有泥水匠，有中人，有介紹人……

「沒有的事！」美生嫂回答說。「我沒有錢！」

但是沒有一個人相信，只是紛紛的來說情。她沒辦法了，只得回答說：

「緩一些時候吧，我現在還沒決定先做那一樣呢。決定了，再請幫忙呀。」

大家這才安心的回去了。而她要做許多大事業也就更加使人確信起來。

「但是，天呵！」美生嫂皺著眉頭，暗暗叫苦說。「日子正長著，只有五百元錢，叫我怎樣養大這兩個孩子呀！……」

她想到這裡，心中像火燒著的一樣，汗珠一顆一顆的從額上湧了出來。

她在南洋起身時候，對於未來的計劃原是盤算得很好的：她想這三千元錢除了路費和美生哥的葬費以外，應該還有一千元剩餘，家裡有八畝三分田，每年收得四千斤租谷，一家三口還吃不了，至於菜蔬另用，鄉裡是很省的，每月頂多十元，而那一千元借給人家，倘若有四分利息，每年就有四百元，養大孩子是一點也不用愁的了。那曉得到得家鄉，路費已經多用了，葬費又給大家扯開了袋口，到現在只剩下了五百元。租谷呢，近幾年來早已打了個大折頭，雖然勉強夠吃了，錢糧大捐稅多，卻和拿錢去買差不了好多。鄉裡的生活程度也早已比前幾年高了好幾倍，每月二十元還愁敷衍不下了。至於放債，都是生疏的窮人，本來相信不了，放心不下。而現在卻也並不能維持她這一生的生活了。

將來怎麼辦呢？橫在她眼前的辦法是很顯明的：不久以後，她必須把那八畝三分的田賣出去了。發了財的人也賣田嗎？那她倒有辦法。她可以說，因為自己是個女人，兒子們太小，一年兩季秤租不方便，或者說那幾畝田不好，她要換好的，或者說……然而，到處都是窮人，大家的田都沒有人要，她又賣給誰呢？

「現在，阿英叔卻來要我買他的屋子了！咳，咳！」她想到這裡，心中說不出的痛苦，簡直笑不得，哭不得，連鼻梁也皺了起來。

「呵呵，天氣真熱，天氣真熱！」忽然門口有人這樣說著走了進來。「美生嫂在家嗎？」

美生嫂立刻辨別出來這是貴生鄉長的聲音，趕忙迎了出去。

「剛才喜鵲叫了又叫，我道是誰來，原來是叔叔！」她微笑著說，轉過身，跟在貴生鄉長後面走了進來。

「請坐，請坐，叔叔。」她說著，一面從南洋帶來的金色熱水瓶裡倒了一杯茶水，一面又端出瓜子和香菸來。

貴生鄉長的肥胖的身子緩慢地坐下椅子，又緩緩地轉動著臃腫的頭頸，微仰地射出尖銳的眼光望了一望四周的家具，打量一下美生嫂的瘦削的身材，沉默地點了幾下頭，彷彿有了什麼判斷似的。

「天氣真熱，端陽還沒到。哈哈！」貴生鄉長習慣地假笑著說。

「真是！這樣熱的天氣要叔叔走過來，真是過意不去。我坐在房子裡都覺得

熱哩。」美生嫂說著，用手帕揩著自己的額角，生怕剛才的汗珠給貴生鄉長看了出來。

「那到沒有什麼要緊。我原來是趁便來轉一轉的。剛才看見阿英從這裡走了出去，喜氣洋洋的，想必你……」貴生鄉長說到這裡，忽然停住了，等待著美生嫂接下去。

「還不是和別人一樣，叔叔……我實在麻煩不下去了，這個要我買田，那個要我買屋……你說，我有什麼辦法？」

「想是阿英要把他的三間樓房賣給阿嫂了。」

「就是這樣……」

「哦，答應他了嗎？」貴生鄉長故意做出驚異的神情問。

「怎麼樣？叔叔，你說？」美生嫂詫異地問。

「怪不得他得意洋洋的……咳，現在做人真難……不留神便會吃虧……」

「叔叔的話裡有因，請問這事情到底怎麼樣呢？」

「我說，阿嫂。」貴生鄉長像極誠懇似的說，「做人是不容易的……請勿怪我直說，你到底是個女人家，幾年出門才回來，這裡情形早已大變了，你不會明白的……現在的人多麼滑頭！往往一間屋子這裡押了又在那裡抵，又在別處賣的！」

「幸虧我還沒有答應他！」美生嫂假裝著歡喜的說，「叔叔不提醒我，我幾乎上當了！」

「你要買產業，中人最要緊。現在可靠的中人真不容易找。有些人貪好處，往往假裝不知道，弄得一業二主。老實對阿嫂說，我是這裡的鄉長，情形最熟悉，也不怕人家刁皮的……」

「我早已想到了，來問叔叔的，所以答應他給我盤算一兩天哩。」美生嫂假裝著誠懇的說，「給叔叔這麼一說，我決計不要那屋子了。」

「喔，那到不必。」貴生鄉長微笑著說。「但問阿嫂，那屋子合宜不合宜呢？」

「那倒是再合宜沒有了，離街離河都近，又有大牆，又有祖堂。」

「他要多少錢呢？」

「他沒說，只說任憑我。說是新造總要三千元。推想起來，叔叔，你說該值多

少呢？」

「這也很難說。阿嫂一定要買，我給你去講價，總之，這是越少越好的。我不會叫阿嫂吃虧。」貴生鄉長說著，用手摸著自己的面頰，極有把握的樣子。

「房子雖然合宜，不過我不想買。聽了叔叔的一番話，我寧願自己造呢。」

「那自然是自己造的好。」貴生鄉長說著，微笑地瞟了她一眼，「不過這事情更麻煩，你一個女人家須得慢慢的來，照我的意思，這裡弊端更多著呢：木匠，泥水匠，木行，磚瓦店……況且也不是很快就可以造成的……我看暫時把它拿下，倒也是個好辦法，反正化的錢並不多。況且新的造起了，舊的也有用處的：租給人家也好，自己做棧房也好。不瞞阿嫂說。」貴生鄉長做出非常好意的神情說，「我倒非常希望便搬到陳家村去：一則我們陳家村人大家有面子，二則阿嫂有什麼事情，我也好照顧。現在地方上常常不太平，那一村的人是只顧那一村的人哩。」

貴生鄉長說到這裡，又瞟了美生嫂一眼，看見她臉上掠過一陣陰影，顯出不安的神情來，便又微笑地繼續的說：

「我因此勸你早點搬到陳家村去，阿嫂。怕多化錢，不買它也好，化三五百元錢作抵押吧。你要是搬到陳家村去了，那你才什麼都方便，什麼也不必擔心，我們是自己人，我是鄉長，什麼事情都有我在著……」

美生嫂起先似有點抑不住心中的恐慌，現在又給貴生鄉長一席話說得安定了。而且她心裡又起了一陣喜悅，覺得他給她出的主意實在不錯。那三間樓房原是她所非常需要的，只因自己沒有錢，所以決計止住了自己的慾望，只是假意的和阿英哥敷衍，和貴生鄉長敷衍。但現在貴生鄉長說只要化三五百元錢作抵押，不由得真的動了心了。說是三五百元，也許三百元，二百五十元就夠了，她想。她剩餘下來的五百元，現在正沒處存放，一面也正沒屋子住。這事情倒是一舉兩得。而且，還是體面的事情！還幫了阿英叔的忙，還給了鄉長的面子！

「只是不曉得那屋子抵押給別人過沒有哩。」

「這個我清楚。阿英是個老實人，他不會騙人的。」

「那麼，就煩叔叔做中人，可以嗎？錢還是少一點，橫直將來要退還的。」美生嫂衷心的說。

「那自然，我知道的。我沒有不幫阿嫂的忙。」

貴生鄉長笑著說，心裡非常的得意。他最先就知道這個女人有點厲害，須費一些唇舌，現在果然落入他的掌中了。

「此外，阿嫂有什麼事情，只管來通知我。」他繼續著說，「我是陳家村的鄉長，陳家村裡的人都歸我管的。我們有保衛團，誰不服，就捉誰。各村的鄉長和上面的區長，縣長都是和我要好的哩，哈哈！……」他說著得意地笑了起來，瞇著眼。

「叔叔才大福大，也是前生修來的功德。要在前清，怕也是戴紅翎的三品官哩。……我們老百姓全托叔叔的庇護呀！」美生嫂感激的說。

「那也是實話，現在的鄉長雖沒有官的名目，其實也和做官一樣了。只是，這個鄉長卻也委實不易做。」貴生鄉長眉頭一皺，心裡就有了主意。「下面所管的人都是自己人，大小事體頗不容易應付，要能體恤，要能公平。而上面呢，像區長，像縣長，得要十分的服從，一個命令下來，限三天就是三天，要怎樣就得怎樣，絕對沒有通融的，尤其是一些戶口捐哪，壯丁捐哪，大家拿不出來，只得我自己來墊湊，也虧得村中幾個有錢的人來幫助。……譬如最近，上面又有命令下來了，派陳家村籌兩千元航空捐，就把我逼得要命，航空捐，從前是已經徵收過好幾次的，一直到現在，錢糧裡還附征著。大家都說不願意再付了，也沒有能力再付了。他們不曉得這次的航空捐和以前是不同的。從前是為的打××人，現在是××，我們陳家村能不捐款嗎？但大家是自己人，又不好強迫，你說，阿嫂，這事情怎麼辦呢？」

「這也的確為難……」美生嫂皺著眉頭說，她心裡已經感覺到一種恐慌了。她知道貴生鄉長的話說下去，一定是要她捐錢的，因此立刻想出了一句話來抵制。「我們在南洋也付過不少的航空捐哩！收了又收，誰也不願意！」

「可不是呀！」貴生鄉長微笑著說。「誰也不願意！幸虧得幾個有錢的幫我的忙，兩百三百的拿出來，要不然我這鄉長真不能當了，而且，這數湊不成，也是本村的幾個有錢的吃虧，上面追究起來，是逃不脫的。……」

貴生鄉長說到這裡停住了，故意給她一些思索的時間，用眼光釘著她，觀察著她的神色。美生嫂是一個聰明人，早已知道這話的意義，把臉色沉了下來。而且那數目使她害怕，開口就是幾百元，這簡直是要她的命了！她一時怔得說不出話

來，臉色非常的蒼白。

貴生鄉長見著這情形，微笑了一下，又繼續的說了：

「阿嫂，這筆款子明天一早就要解往縣裡去了，我現在還差四百元，你說怎麼辦呢？照我的意思——唉，這話也實在不好說——照我的想法，還得請阿嫂幫個忙，我自己墊一百元，阿嫂捐一百五十元，另外借我一百五十元，以後設法歸還你。你說這樣行得嗎？」

美生嫂一時說不出話來，只是發著怔，過了半晌，才喃喃的像懇求似的說：

「叔叔，這數目太大了……我實在沒有……」

「那不必客氣，阿嫂有多少錢，這裡全縣的人都知道的。捐得少了，豈止說出去不好聽，恐怕區長縣長都會生氣哩！……這數目實在也不多，這次請給我一個面子吧，我們總是幫來幫去的——啊，阿嫂嫌多了，就請湊兩百元，那一百元我再到別處去設法，過了端節，我代你付給阿英一百元就是……這是最少的數目了，你不能少的，阿嫂，再也不能少了……」

貴生鄉長停頓了一下，見美生嫂說不出話來，他又重複的像是命令像是請求的說：

「不能少，阿嫂，你不能少了！」

「叔叔……」

「上面不會答應的呀！」貴生鄉長不待她說下去，立刻帶著命令和埋怨的口氣說。

「唉……」美生嫂嘆著氣眼眶裡隱藏了眼淚。

「我們是自己人，阿嫂。」貴生鄉長又把話軟了下來，「我知道阿嫂的苦處，美生哥這麼早過了世，侄子們還正年少，錢是頂要緊的，所以只捐這一點，要是別個當鄉長，恐怕會硬派你一千元呢。」

「我好命苦呵，這麼早就……」美生嫂給他的話觸動了傷處，哽咽地說，眼淚流了下來。

「那也不必，侄子們再過幾年就大了，一準比爺會賺錢……喔，阿英那裡的價錢，我給你去辦交涉，我做中人再好沒有了。」貴生鄉長得意地安慰她說。「阿嫂在這裡出了捐錢，我給你在那裡壓低價錢，準定叫你不吃虧，你看著吧！」

美生嫂痛苦地用手絹掩著潤溼的眼睛，一句話也不說。她明白貴生鄉長每一句話的用意，恨不得站起來打他幾個耳光，但她沒有勇氣。她不相信那是什麼航空捐，她知道這只是借名目飽私囊——明敲她的竹槓！而且是不能不拿出來的了。她只得咬著牙齒，勉強地裝出笑臉說：

「就依叔叔的話……以後也不必還了……」他想，還是索性做個人情，反正是決沒有歸還的希望的。

她站起來走到了另外一間房子去。

「那不必，那不必，房子，我會給弄好的。」貴生鄉長滿肚歡喜的說。

他聽見房子裡抽屜聲，鑰匙聲，箱子聲先後響了起來，中間似乎還夾雜著嘆息聲，啜泣聲。

過了許久，美生嫂強裝著笑臉，走了出來，捧著一包紙票，放在貴生鄉長的面前，苦笑著嘲噓似的說：

「只有這麼一點點呢，叔叔……」

「呵呵呵，真難得……」他連忙點了一點數目，站起身來。「再會，再會！」

他冷然地驕傲地走了，頭也不回，彷彿生了氣的樣子。

「好不容易。這女人……」他一路想著，跨出了大門，不再理會美生嫂在後面說著「慢走呵，叔叔」的一套話。

「這簡直像是逼債！」美生嫂痛恨地磨著牙齒，自言自語的說。「我前生欠了他什麼債呀！……」

她禁不住心中酸苦，退到床上，痛哭了起來。

第二天中午，阿英哥急忙地高興地從陳家村跑到來聽回音的時候，美生嫂剛從床上起來。

阿英哥想，這事情是一定成功的，這屋子給她住，沒有一樣不合宜。至於價錢，端陽節快到了，無論她出多少，他都願意，橫直此外也找不到別的主顧。

「阿嫂，我特來聽消息，我想你一定可以幫我的忙哩。」他一進門就這麼說。

美生嫂浮腫著臉，一時不曉得怎麼回答，她哭了一夜全沒想到見了他怎樣說，卻不防他很快的就來了。

「喔。」她嗄著聲音說，臉色有點蒼白。她想告訴他不買了，卻說不出理由

來。她不能對他說沒有錢。但她皺了一下眉頭，立刻有了回答的話。於是她苦笑地說：

「叔叔，我已經想過了，那房子的確再合宜也沒有了……但是，我們總得都有一個中人，才好說話呢。……我已請了鄉長做中人，你也去找一個中人吧……我們以後就請中人和中人去做買賣……」

「那自然，阿嫂不說，我倒忘記了。」阿英哥誠實的說，「這是老規矩，我就去找一個中人和鄉長接洽去……」

他說著，滿臉笑容的別了美生嫂走了。

他覺得他的買賣已經完全成功，端陽節已經安然度過了。

頭獎

「〇〇五一二八！……〇〇五一二八！……」申生像背書似的喃喃的默誦著，大踏步向西走去。

這是一個多麼吉利的號碼！隨手檢來，恰如暗中有神選給他一樣：〇〇五一二八！〇〇，是暗指著第二期；五是五十萬元的頭獎；一二八便是報復「一·二八」滬戰的意思了！怎樣報復？除了航空建設，可不是沒有別的路了？五年以後，航空建設完成，××人那小鬼，可該逼到海底去了！看，今年正是中華民國二十二年，再過五年，就是二十八，合著獎券的末二字哩！無疑的，這便是第二期航空建設獎券的頭獎了！這〇〇五一二八！

「哈！」他每次想到這上面，便不覺得笑出聲來。五十萬元，這許多錢做什麼用呢？他早已確定了：買地皮，造洋房，置汽車；吃得好穿得好是小事！會給人家綁票不會呢？他也早已想到了：雇紅頭黑炭看前後門，羅宋人做保鏢，再買鐵甲衣穿在身上，連汽車裡也裝上無線電，這可安如泰山了！錢呢，匯豐，中國，中南，四明，實業，商業，墾業，鹽業，農業，國華，中央……不論銀行的大小；都多少去存上一點。倒閉了這家，還有那家，倒閉那家，可還有這家，是不怕全丟了的。

五十萬元！這數目多麼驚人！一百元一張的鈔票，數起來會叫人眼花；換做洋錢，要堆一幢整整的三層樓洋房；倘若是角子銅板，所有黃浦江裡的輪船怕還裝不下哩！然而那是蠢貨做的事情，他絕不會那麼做！他只要一張薄薄的支票就夠了——上面寫著：五十萬元！想想看吧，單是利息，一年可以得到多少？

「哈哈！」他不覺又笑出聲了。

〇〇五一二八！……〇〇五一二八！……

這數字彷彿大世界屋頂上的紅綠電光字，從〇亮到八，一會兒熄滅了，一會兒又從〇亮到八，川流不息的在他的腦子裡兜著圈子。

他大踏步向西走著，沒留心還在馬浪路口的辣斐德路上。他只覺得逸園就在眼前，正如頭獎五十萬元就在他的口袋裡一樣。在平日，這些路他可懶得跑，不免要坐一輛黃包車，但今天可不同了，一則他覺得黃包車要在每一個十字路口等巡捕的指揮，還不如自己走的快，二則黃包車東衝西撞，倒不如自己走的安穩——他現在的生命是最重要的，半分鐘後，他便是一個五十萬財產的富翁呢！

富翁富翁，有錢使得鬼推磨，他得看見四圍的人的態度全改變了；現在冷著面孔的人，那時將笑嘻嘻地瞇著眼向他迎了過來；現在昂著頭傲慢地走著的人，那時將屈著腰彎著背對他行禮；現在輕蔑地叫他名字的人，那時將恭敬地稱他做老爺，先生了！

○○五一二八！……○○五一二八！……

這數字又上來了，好像誰躲在他腦子裡，用打字機打著那數目似的，他還隱約的聽得見那「得得」的聲音。

現在是在薩坡賽路口的辣斐德路了，像到了亞爾培路的逸園門口一樣。他立刻就要聽見那頭獎的號碼：○○五一二八！……○○五一二八！……

「哈！」他不覺得又笑出聲來。

從今天起，他不再往那討厭的局裡去了！什麼科長，什麼局長，全是混帳東西！自己不會辦事，盡擺臭架子，威風十足的！他的氣嘔得夠了。苦也受得夠了，只拿到三十五元一個月。伙食還吃自己，住也住自己！現在他可連科長局長也不高興做了！誰來搖頭擺尾地求他去維持現狀，他可要用腳踢他出去！倘若是所長部長那種好缺，他也得擺擺架子，考慮考慮的！

〇〇五一二八！……〇〇五一二八！……

已經是呂班路了。到盧家灣去的電車上，開車的正在用力踏著這響亮的數字，他知道頭獎的號碼一定是〇〇五一二八，那開車的！

他的心跟著那聲音突突跳了起來，腳步愈加快了。雖然這是艱苦的，他可管不了這許多，正如那買〇〇五一二八獎券的十元錢一樣。

那是他偷當了老婆的一隻唯一的金戒指而來的。後來給老婆發覺了，曾經吵過一次大架。她不相信會中頭獎，連末獎也不相信。她說凡是獎券都是騙人的，作弊的。要發早就發了，還會等到今日，她說：而戒指呢，這是她最後的一個，她要留著救急的，那一天局裡欠薪，她才拿出來。大不了，一元錢買一條就夠了，做什麼這樣沒有主意，瘋子似的買了全張！但是他不服，他解說給她聽，這是國民政府發行的，絕不像別的獎券似的滑頭滑腦，會作弊；要發早就發了？沒有這事情，朱買臣是比他的年紀還大些的時候發的財；金戒指呢，等他以後中了頭獎，要一萬隻也辦得到；所以要買全張，是他對於五萬元錢眼不開，要發就索性大發一場，痛痛

快快！但是她還不服，他們終於相罵了，而且還扯破了衣服，打碎了碗盞，連無辜的一個十二歲的孩子也被他們打了一頓出出氣。

○○五一二八！……○○五一二八！……

二十一路的公共汽車軋軋地發出這號碼，嗚嗚地叫著頭獎，風狂電掣地捲著腳跑著，已經過了馬斯南路，到了金神父路，把他擲在十字路口了。

「去吧！快快等你的頭獎！○○五一二八！」它好像對他這樣說著。

是的，怎麼不快點去呢！這街上可不是每一個人都急急忙忙地跑向亞爾培路去？誰不想等那頭獎？誰不相信他袋裡的號碼就是頭獎的號碼？但是他們全錯了！頭獎是只有一個的！○○五一二八，也只有一個！那可是他的！大家不過來湊湊熱鬧，做他的陪客罷了？

「哈哈！」他又不覺得笑出聲來了。

○○五一二八！……○○五一二八！……

他看見那特寫著頭獎的號單了！每一個人的腳正像印刷機似的一上一下的動著，很明顯的印下了那號碼：○○五一二八！……○○五一二八！

他被這些無窮數的號單左右前後的擁著，忘記了什麼時候到的亞爾培路，什麼時候轉的灣，什麼時候進的逸園的門。

他已經坐在前幾排的人群中了。

時候還沒有到。人們已經在靜肅地唸著那頭獎的號碼：

〇〇五一二八！……〇〇五一二八！……

「哈哈！」他又笑了。

他看見各色各樣的人都在他的周圍等候著，像在懇求他施捨一點給他們一樣。那裡有穿著襤褸衣服的工人，長袍馬褂的商人，中山裝的學生，西裝的教授，摩登的姑娘，高貴的太太，政府的官吏，黨部的職員，以及洋人，以及……

「現在可認識我了！」他想，「我就是頭獎，我就是〇〇五一二八呢！……」

〇〇五一二八！……〇〇五一二八！……

他聽見許多人踏著這號碼走近來了。那是法國的巡捕和中國的巡捕，他們拿著大棍，帶著手槍，在他的周圍站住了。他們知道他就是〇〇五一二八，所以他們來保護他了，用不著他自己叫喚的。站在遠處人群中的，就是在監視著那野心家，那

些強盜。

○○五一二八！……○○五一二八！……

播音機和攝影機在他下面的臺邊預備好了，正對著他的面孔，正對著○○五一二八！

他抬起頭來，臺棚上結著彩旗，也刻著○○五一二八！臺上的三個輝煌奪目的金色的銅球——呵！金色的銅球！他的頭獎就在這裡了！○○五一二八！……○○五一二八！……這裡面就是他的財產，他的生命，他的幸福！

有幾個穿藍長袍的聽差走上來了，兩個人握著中間那個最大的乙球的搖柄，一個人揭開了它的頂和底，開始搖動了。那是空的。他們證明給他看這裡面並沒有什麼弊病，頂和底只是漆黑的圓筒，正像兩個○○；那希呼希呼的搖聲，可就在喃喃地重複著「五一二八！」……「五一二八！」……五十萬元就在那裡翻動了，陽光照得一閃一閃的，好不美麗！世上沒有比這更美麗了！大的停下，兩個小的甲丙銅球也繼續地這樣試驗過了。

臺下有人搬出金漆的箱子來，從那裡一盤一盤的倒出黑色的小球，像珠子一般，數不清楚。真的，五十萬元頭獎不曉得有多少珠子好換呢！他們把這小球按續不斷的往那銅球裡倒下去，發出郎郎的聲音，正如五十萬元現洋互相觸著的聲音，多麼可愛呵！

○○五一二八！……○○五一二八！……

三個金色的銅球在同時旋轉了，那聲音更加宏亮了：玲琅！玲琅！○○五一二八！……○○五一二八！……這數字在那裡攪散了，錯綜了，又湊上了！

搖手疲乏地停下來，臺下有一個中國人和洋人站起來報告了。兩個都是老頭子，頭上光光的禿盡了髮，正像兩個○字。

開始搖獎了！臺下兩旁的書記官，新聞記者，都已預備好了鋼筆和紙頭。看臺上坐著的，站著的，也都跟著從衣袋裡抽出了鉛筆和紙頭。所有的眼光全集中在金色的銅球上。人群靜默著，如等待基督降臨一般的肅穆。每一個耳朵都豎起了，預備接受那頭獎的號碼：○○五一二八！

三個金色的銅球又玲琅玲琅的旋轉了三次，現在是倒轉的，他們要把那

〇〇五一二八倒出來。

搖手停止時，站在旁邊的三個人把底蓋轉了一轉，便有三個小球先後的在金色的銅溜上轆轆地滾了下來，一直落到三個玻璃杯裡，發出玎玲的聲音。

一個戴著玳瑁邊眼鏡的人左手握著乙球裡滾出來的小球，右手握著丙球裡滾出來的小球，他要報告〇〇五一二八的號碼了。另一個戴眼鏡的人把甲球裡滾出來的小球握在手裡，他管的是頭獎……

中生的心被他們握住了。他的生命就在他們的手裡。他的〇〇五一二八頭獎號碼立刻要被他們當眾宣布了。那是生與死的裁判，幸與不幸的決定，他看見整個的人群全在那裡顫抖了。

看呵，那個戴玳瑁邊眼鏡的人在注視手中黑球上的細小如蠅嘴的號碼了……他張開口，莊嚴地報告了：

「〇〇……」那聲音像鐵一樣。

中生的全身筋絡都漲綻了。他像坐在熱鍋裡透不出氣來，他的眼前籠罩下濃厚的白霧，他的耳內哄哄地有什麼在響，現在彷彿不再是那〇〇五一二八頭獎號碼了，現在是整個的人群的喊彩聲，鼓掌聲，對他慶賀的聲音了……呵！這樣快樂的日子，他從來不曾有過！他站起來了，他要走了，他的任務已經終了，他不必再在會裡陪著別人……

他抹了一抹眼睛，定一定神……突然，他顫慄起來了？

他看見了臺上的那塊黑板上的白色號碼：〇〇六六六五！底下是「第七獎」！

像有誰用冷水從他的頭上潑了下來，他的每一根骨頭都冷澈得痙攣起來，又呆木地坐下了。他現在才記得剛才只聽到兩個〇字，並沒有用心的聽下去。

誰說的〇〇五一二八？誰敢哄騙他？

他用兩手緊緊地抓住了自己的衣襟，咬著牙齒。他又站起來了，他要跳到那臺上去，打毀一切，趕走那些可惡的人！……

「喂！坐下來！頭獎會來的！靜一點吧！急什麼呀！」有人拍著他的背，把他按倒在座位上。

他覺得這是一種侮辱，幾乎回頭伸出拳去，但他又立即止住了，而且回過頭去向那不相識的人笑了一笑。他覺得那個人的話不錯：頭獎會來的！現在還只開

始，急什麼呢？這成千成萬的人，誰不在靜靜地等著？頭獎〇〇五一二八是早已注定了的，遲早總會出來！〇〇五一二八不能讓別人走頭，不能讓別人分一點小小的喜悅嗎？七獎算什麼？只得到兩百元錢！買摩脫卡還不夠！〇〇五一二八可不要這七獎！

他平靜了。他的眼光重複注射到那黑板上去，那裡換了號碼了：一二五一六七，七獎。

第二次搖出了，現在是第三次了。他聽見報告的數目是：「三八九二二五，七獎！」

「三八九二二五！七獎！」另一個人又重複的報告說。

他安靜的往臺下望了去。

第四次小球又從銅溜上轆轆地滾到玻璃杯子裡了。「〇六〇九二二！」一個人報告說。「七獎！」旁邊那一個接著報告。隨後一個聽差提過來一塊木板，那裡有三個小孔，他們又把這三個小球擺在那裡，交他端給另外一個戴玳瑁眼鏡的人；那人望著小球上的號碼，對著播音機又重複地報告了一遍，即將甲球裡出來的號碼小球收了，那聽差便把剩下的兩個端給了臺上的人，那人高舉起兩手錶示已經取到，揭開乙丙銅球的蓋，又投了進去。

玲琅！玲琅！第五次搖獎接著來了：仍是七獎：一四六五七一。

玲琅！玲琅！第七次六獎：四〇五三二二。伍百元！

玲琅！玲琅！接著第七獎：三〇四三一一，一二五四二三，一三八二六八，二六一九五〇，三四八〇二五，一四二三四九，〇九八三二〇……

玲琅！玲琅！五獎出來了：二六一九五六！兩千元呢！

申生的心又有點動了。

玲琅！玲琅！〇〇的號碼又來了：〇〇二一八九，〇〇六三七六，六獎；〇〇四九六七，七獎！

誰的呢？沒有第二個人有這運氣，除了他！

他的心又突突地跳動了起來。

〇〇五一二八！……〇〇五一二八！……

那銅球，那人群，又在大聲地呼叫這號碼了。棚頂上顯露著的小孔不就是

〇〇，縱橫地交叉著的桿子，可就是五一二八了！申生抬起頭來，望著自己座位上的屋頂，那些一盞一盞的白色的圓電燈也排成了〇字，縱橫的黑欄杆也擺出五一二八的形式了！

人們抬著頭，握著筆和紙，豎著耳朵做什麼？不是在等待那頭獎〇〇五一二八嗎？

〇〇五一二八！……〇〇五一二八！……

空氣在顫動，它的波浪是〇〇五一二八！

從篾棚裡漏進來的陽光和棚頂下的電光在銅球上閃爍著，也幻出〇〇五一二八！

他相信他的〇〇五一二八立刻要來了！立刻！

玲琅！玲琅！一六五二〇三，一一〇七五一，二〇二八七六，四八五四五〇……七獎！一一三九七三，四九六二二三，二七二六九七，三二六一〇八！……六獎！……

玲琅！玲琅！三獎也出來了！三獎！一八五四六九！五萬元！

現在到了門口了！到了五十萬元的門口了！

○○五一二八！……○○五一二八！……

玲琅！玲琅！二一三五七八，二六一八六四，三四二○三五，三四八三八三……七獎！

○○五一二八！……○○五一二八！……

玲琅！玲琅！四六四九五四，四八三○八二，一四四八七四，一五二四七六……七獎！

○○五一二八！……○○五一二八！……

玲琅！玲琅！○○又來了！六獎：○○二二四三！七獎！○○○八八○！

「○○五一二八！……」報告的聲音。

現在他可沒有聽錯了！頭獎終於來了！天呵！這是那個戴玳瑁邊眼鏡的人喊出來的！那聲音，鐘一樣，空氣在嘶鳴，屋頂在和唱，○○五一二八！……○○五一二八！……

地在他的腳下轉動起來，他覺得他的每一根血管在劈拍地爆烈著……世界變

換了，他不是從前那個申生了。從前的申生已經幻化，現在的他是一個全新的申生，皮和肉，筋和骨，連血液也全換了新的……

「七獎！」他忽然聽見另一個重複地報告的人的話。

什麼？

他站了起來！

○○五一二八是第七獎嗎？兩百元？

他朝那臺上的黑板望去：底下是一個七字！

不會弄錯嗎？豈有此理！

他把眼光釘住了那黑板，七！七！七！怎樣也是七！

他從頭讀了起來。○○五一二八，七！○○五一二八，七！○○五一二八，他坐下了。七！

兩百元，誰稀罕！

不信！再讀過！

他又站了起來，眼光釘住了那黑板：

〇〇五一四八，七！〇〇五一四八，七！〇〇五一四八，七！

號碼是對的！那個「七」字還是照前那樣明顯！

他往左邊一個人的日記簿上望了去：

〇〇五一四八，七！

他望右邊一個人的手折上望去：

〇〇五一四八，七！

他又往前面一個人的紙上望去：

〇〇五一四八，七！

什麼？他依然不相信這個。他回轉頭去問後面的人了：

「幾獎，老兄？」

「七獎！〇〇五一四八嗎？」

「是的，一二八！」

「不，一四八！」

他愕然了。「〇〇五一二八！」他重複地說。

「不！四八！〇〇五一四八！你不看見黑板上那麼大的字嗎？」

他清醒了。黑板上原是個「四」字，連剛才自己都是這樣唸著，卻沒注意到這中間的分別。

「這號碼本是太容易弄錯了。」他想。「說不定那兩個報告的人把頭獎看做了七獎。把二八看做了四八的！那樣小的球，上面怎樣刻下四個號碼，報告的人又怎能不看錯呢？……」

看吧，那報告的人已經換班了，他的嘴已經歪曲起來，他的舌頭已經生硬了。倘不換一個人，無疑的他將目瞪口呆起來的！誰不會疲倦呢，眼睛只是看著數字。嘴吧只是報告數目？就是申生自己，他也早已看得眼花，聽得耳聾，非常的疲乏了。他早上只吃一碗稀飯，肚子已經咕嚕咕嚕空叫了半天。他現在幾乎站不起來，動彈不得了。他的身子彷彿鐵一樣的重。〇〇五一二八！……〇〇五一二八！……

什麼時候出來呢？他相信不遠了。他看見那一個〇〇五一的號碼已經放入乙球裡去，不久又會出來的。

玲琅！玲琅！三〇四七三八，二二五二九二，一九六一一九，一八三五二二……七獎……六獎……

七獎……六獎……七獎……六獎……

「只是七獎六獎！」他聽見身邊的一個人不耐煩的說。「搖了多少次數了，還不看見頭獎！」

「你想得到頭獎嗎？」別一個人說，「不要發痴吧！中一個兩百元錢的七獎，就夠好了！」

「我寧可沒有這兩百元！眼不開！」

「那末中頭獎末獎，得二十元，你可滿足了？看著吧！恐怕連這也沒有呢！上次楊買辦一個人買了三百張，可中過一張第七獎？……」

申生的心給他潑了一桶冷水，弄得冰冷了。他覺得這話彷彿是故意說給他聽的：不要說頭獎，連末獎也不會得到哩！

可不是？已經搖了幾個鐘頭了；五百號的七獎快搖完了，〇〇五一二八還沒有搖出！越遲下去越不容易搖出，連七獎也沒有了！兩百元，雖說眼不開，也可買許

多東西，吃上一兩個月，給老婆贖出金戒指來哩！也罷，就搖一個七獎吧！

〇〇五一二八！……〇〇五一二八！……

玲琅！玲琅！三八一三四五，四六七八二六，四九七九七二；一二〇七六七，三〇四九四三；二五〇四六四，〇七八六三三；一六五一七七；一四三二三〇；一三一五四七……七獎，六獎，五獎，四獎，三獎，二獎，接連的來了！可沒有〇〇五一二八！然而頭獎也還沒有出來，二獎也還有一個，三獎兩個，以下還多著！

〇〇五一二八！……〇〇五一二八！……

也許就是那一個頭獎吧？或者二獎三獎嗎？四獎五獎也好的！一定要給六獎七獎也就算了！

〇〇五一二八！……〇〇五一二八！……

玲琅！玲琅！七獎，六獎，六獎，七獎，七獎……又接連的來了。可仍然沒有〇〇五一二八！

難道一定就是頭獎嗎？

到也說不定！頭獎只有一個小球，原來是不容易出來的，而且還要和乙球的○○五一，丙球的二八湊合起來，在一個時間裡呵！遲早會來的，遲早！

○○五一二八！……○○五一二八！……

玲琅！玲琅！三個銅球又在轉動了。為什麼？為的頭獎！為的○○五一二八！

玲琅！玲琅！屋頂也在轉動了。為什麼？為的頭獎！為的○○五一二八！

玲琅！玲琅！人群的頭也在轉動了。

玲琅！玲琅！他的頭也在轉動了——不，連他的身體也在轉動呢！玲琅！玲琅！……○○五一二八！……○○五一二八！……

○○五一二八！……○○五一二八！……

他的頭低下去了，腳豎起來了，一個跟斗翻過來了……玲琅！玲琅！

他的頭又低下去了，腳又豎起來了，一個跟斗又翻過來了……玲琅！玲琅！

○○五一二八！……○○五一二八！……

玲琅！玲琅！○○五一二八！○○五一二八！……玲琅！玲琅！……

○○五一二八！○○五一二八！……

還多著呢，這些小球！三六九三八六，四九八四七七，○二一四八○，○九四二○八，四○七二七一，三六四八四一，○七八三九三，二五三五○一……左一個右一個前一個後一個貼著壓著推著擁著緊緊的當著圍著擠著玲瑯！玲瑯！誰都想早從這底下的小洞裡鑽了出去！

玲瑯！玲瑯！○○五一二八！……○○五一二八！……

整個的人群的頭做一起低下去了，所有的腳全豎起了，大家翻了一個跟斗了……玲瑯！玲瑯！○○五一二八！……○○五一二八！……

玲瑯！玲瑯！○○五一二八！……○○五一二八！……

屋頂低下去了，座位高起來了，翻了一個跟斗了……玲瑯！玲瑯！○○五一二八！……○○五一二八！……

玲瑯！玲瑯！玲瑯！玲瑯！……

天落下來了，地升上去了，翻了一個跟斗了……玲瑯！玲瑯！玲瑯！玲瑯！

○○五一二八！……○○五一二八！……

太陽下去了，黑暗上來了，翻了一個跟斗了……玲瑯！玲瑯！玲瑯！玲瑯！

〇〇五一二八！……〇〇五一二八！……

玲琅！玲琅！玲琅！玲琅！

〇〇五一二八！……〇〇五一二八！……〇〇五一〇八！……

〇〇五一〇！……〇〇！……〇〇！……。

陳老夫子

天還未亮，陳老夫子已經醒來了。他輕輕燃起洋燭，穿上寬大的制服，便走到案頭，端正地坐下，把銀邊硬腳的老花眼鏡往額上一插，開始改閱作文簿。

他的眼睛有點模糊，因為睡眠不足。這原是他上了五十歲以後的習慣：一到五更就怎樣也睡不熟。但以前是睡得早，所以一早醒來仍然精神十分充足；這學期自從兼任級任以來，每夜須到十一二點上床，精神就差了。雖然他說自己還只五十多歲，實際上已經有了五十八歲。為了生活的負擔重，薪水打六折，他決然在每週十六小時的功課和文牘員之外，又兼任了這個級任。承李校長的情，他的目的達到了，每月可以多得八元薪水。但因此工作卻加重了，不能不把從前每天早上閉目「打定」的老習慣推翻，一醒來就努力工作。

這時外面還異常的沉寂。只有對面房中趙教官的雄壯的鼾聲時時透進他的紙窗來。於是案頭那半支洋燭便像受了震動似的起了幌搖，忽大忽小地縮動著光圈，使他的疲乏的眼睛也時時跟著跳動起來。他緩慢地小心地蘸著紅筆，在卷子上勾著，剔著，點著，圈著，改著字句，作著頂批。但他的手指有點生硬，著筆時常常起了微微的顫慄，彷彿和眼睛和燭光和趙教官的鼾聲成了一個合拍的舞蹈。有時他輕輕地幌著剛剃光的和尚頭，作一刻沉思或背誦，有時用左手敲著腰和背，於是坐著的舊籐椅就像伴奏似的低低地發出了吱吱的聲音。

雖然過了一夜，淡黃色的柚木桌面依然不染一點塵埃，發著鮮潔的光輝。硯臺，墨水瓶，漿糊和筆架都端正地擺在靠窗的一邊。只有裝在玻璃框內的四寸照片斜對著左邊的燭光。那是他的最小的一個兒子半年前的照片，穿著制服，雄糾糾的極有精神，也長得很肥嫩。桌子的右端疊著一堆中裝的作文簿，左端疊著一堆洋裝的筆記簿：它們都和他的頭頂一樣高，整齊得有如刀削過那樣。洋燭的光圈縮小時，這些卷子上的光線陰暗下來，它們就好像是兩只書箱模樣。

他並不休息，一本完了，把它移到左邊的筆記簿的旁邊，再從右邊的高堆上取下了一本，同時趁著這餘暇，望了一望右邊的照片，微笑地點點頭，腦子裡掠過一種念頭：

「大了！」

有時他也苦惱地搖搖頭，暗暗的想：

「瘦了……」

但當念頭才上來時，他已經把作文簿翻開在自己的面前，重又開始改閱了。

雖然著筆不快，改完了還要重看一遍，到得外面的第一線晨光透進紙窗，洋燭的光漸漸變成紅黃色的時候，左邊的作文簿卻已經和他的嘴角一樣高，右邊的那一堆也已低得和他的鼻子一樣齊了。

這時起床的軍號聲就在操場上響了起來。教員宿舍前的那一個院子裡異常的騷動了。

於是陳老夫子得到了暫時的休息，套上筆，望了一望右邊的那一堆的高矮，接著凝視了一下照片，摘下眼鏡，吹熄了剩餘的洋燭，然後慢慢地直起腿子，輕輕敲著腰和背，走去開了門，讓晨光透進來。

外面已經大亮。但教員宿舍裡還沉靜如故。對面房裡的趙教官依然發著雄壯的鼾聲。他傾聽了一會隔壁房裡的聲音，那位和他一道擔任著值周的吳教員也還沒一點動靜。

「時候到了……年輕人，讓他們多睡一刻吧……」

他喃喃地自語著，輕輕地走到了院子的門邊。

侍候教員的工友也正熟睡著。

「想必睡得遲了……」他想。

他走回自己的房裡，把熱水瓶裡剩餘的半冷的水傾在臉盆裡，將就地洗了臉，然後捧著點名冊，往前院的學生宿舍去了。

氣候已經到了深秋，院子裡的寒氣襲進了他的寬大的制服，他覺得有點冷意，趕忙加緊著腳步走著。

學生們像亂了巢的鳥兒顯得異常的忙碌：在奔動，在洗臉，在穿衣，在掃地，在折疊被縟。到處一片喧嚷聲。

陳老夫子走進了第一號宿舍，站住腳，略略望了一望空著的床鋪。

「都起來了……」一個學生懶洋洋地說。

他靜默地點了一點頭，退了出去，走進第二號宿舍。

這裡的人也全起來了，在收拾房子，一面在談話。沒有誰把眼光轉到他臉上去，彷彿並沒看見他來到。

他走進了第三號。

有人在打著呼哨唱歌，一面掃著地，他沒抬起頭來，只看見陳老夫子的兩只腳。他把所有的塵埃全往他的腳上掃了去：

「走開！呆著做什麼！」

陳老夫子連忙退出門外，蹬蹬腳上的塵埃，微怒地望著那個學生。但那學生依然沒抬起頭來，彷彿並不認識這雙腳是誰的。

陳老夫子沒奈何地走進了第四號。

「早已起來了……」有人這樣冷然的說。

他走到第五號的門口，門關著。他輕輕敲了幾下，咳嗽一聲。

裡面有人在紙窗的破洞裡張了一下，就低聲的說：

「噓！……陳老頭！……」

「老而不死……」另一個人回答著。

陳老夫子又起了一點憤怒，用力舉起手，對著門敲了下去，裡面有人突然把門拉開了，拉得那樣的猛烈，陳老夫子幾乎意外地跟著那陣風撲了進去。

「哈，哈，哈……」大家笑了起來，「老先生，早安……」

陳老夫子忍住氣，默然退了出來。還沒走到第六號，就聽見了那裡面的說話聲：

「像找狗屎一樣，老頭兒起得這麼早……」

他忿然站住在門口，往裡面瞪了一眼，就往第七號走去。

這裡沒有一個人，門洞開著，房子床鋪都沒收拾。

他躊躇了一會，走向第八號宿舍。

現在他的心猛烈地跳躍了。這裡面正住著他的十七歲小兒子陳志仁。他一共生了三個兒子。頭兩個辛辛苦苦地養大到十五六歲，都死了，只剩著這一個最小的。他是怎樣的愛著他，為了他，他幾乎把自己的一切全忘記了。他家裡沒有一點恆產，全靠他一人收入。他從私塾，從初小，從高小一直升到初中教員，現在算是薪水特別多了，但生活程度也就一天一天高了起來，把歷年刻苦所得的積蓄先後給頭兩個兒子定了婚，兒子卻都死了。教員雖然當得久，學校裡卻常常鬧風潮，忽而停辦半年，忽而重新改組，幾個月沒有進款。現在算是安定了，薪水卻打六折，每月也只有五十幾元收入，還要給扣去這樣捐那樣稅，欠薪兩月。他已經負了許多

債，為了兒子的前途，他每年設法維持著他的學費，一直到他今年升入了初中三年級。為了兒子，他願意勉強掙扎著工作。他是這樣的愛他，幾乎每一刻都記著、念著他。

而現在，當他踏進第八號宿舍的時候，他又看見兒子了。

志仁的確是個好學生，陳老夫子非常的滿意：別的人這時還在洗臉，疊被縟，志仁卻早已坐在桌子旁讀書了。陳老夫子不懂得英文，但他可聽得出志仁讀音的清晰和純熟。

他不覺微微地露出了一點得意的笑容。

但這笑容只像電光似的立刻閃了過去。他發現了最裡面的一個床上高高地聳起了被，有人蒙著頭還睡在那裡。

「起床號吹過許久了。」他走過去揭開了被頭，推醒了那個學生。

那學生突然驚醒了，蒙著眼，坐了起來。

「唔？……」

「快些起來。」

「是……」那學生懶洋洋地回答，打了一個呵欠。

陳老夫子不快活地轉過身，對著自己的兒子：

「你下次再不叫他起床，一律連坐……記住，實行軍訓，就得照軍法處分的！」

志仁低下了頭。

「是——」其餘的學生拖長著聲音代志仁回答著。

陳老夫子到另一個號捨去了。這裡立刻起了一陣笑聲：

「軍法，軍法……」

「從前是校規校規呀……」

「革命吧，小陳，打倒頑固的家長……」

「喔啊，今天不受軍訓了，給那老頭兒打斷了Svelte dream！可惱，可惱……小陳，代我請個假吧，說我生病了……哦，My lover，My lover……」

「生的那個病嗎？……出點汗吧……哈，哈，哈……」別一個學生回答說。

志仁沒理睬他們。他又重新坐下讀書了。

陳老夫子按次的從這一個號捨出來，走進了另一個號舍，一刻鐘內兜轉圈子，完全查畢了。

這時集合的號聲響了。學生們亂紛紛地跳著跑著，叫著唱著，一齊往院子外面擁了出去。

陳老夫子剛剛走到院子的門邊，就被緊緊地擠在角落裡。他想往後退，後面已經擠住了許多人。

「嘶……」有人低聲地做著記號，暗地裡對陳老夫子撅一撅嘴。大家便會意地往那角落裡擠去。

陳老夫子背貼著牆，把點名冊壓在胸口，用力擋著別人，幾乎連呼吸都困難了。

「兩個……兩個……走呀……」他斷斷續續的喊著。「維持……軍紀……」

「維持軍紀，聽見嗎？」有人大聲地叫著。

「鳥軍紀！」大家罵著，「你這壞蛋，你是什麼東西！」

「是老先生說的，他在這裡，你們聽見嗎？」

「哦，哦！……」大家叫著，但依然往那角落裡擠了去。

陳老夫子的臉色全紅了，頭發了暈，眼前的人群跳躍著，飛騰著，像在他的頭上跳舞；耳內轟轟地響著，彷彿在戰場上一般。

好久好久，他才透過氣，慢慢地覺醒過來，發覺院子裡的人全空了，自己獨自靠著牆壁站著。他的腳異樣的痛，給誰踏了好幾腳。兩腿在發抖。

「唉……」他低聲嘆了一口氣，無力地拍了一拍身上的塵埃，勉強往操場上走去。

學生們雜亂地在那裡站著，蹲著，坐著，談論著，叫喊著，嘻笑著，扭打著。

「站隊……站隊……」陳老夫子已經漸漸恢復了一點精力，一路在人群中走著，一路大聲的喊。

但沒有誰理他。

一分鐘後，號聲又響了。趙教官扣上最後的一粒鈕釦，已經出現在操場的入口處。他穿著一身灰色的軍服，斜肩著寬闊的黃皮帶，胸間掛著光輝奪目的短刀的銅鞘，兩腿裹著發光的黑色皮綁腿，蹬著一雙上了踢馬刺的黑皮靴，雄糾糾地走上了教練臺。

趙教官的哨子響時，學生們已經自動地站好了隊。

「立——正！」趙教官在臺上喊著。

於是學生們就一齊動作起來，跟著他的命令一會兒舉舉手，一會兒蹬蹬腳，一會兒彎彎腰，一會兒仰仰頭。

陳老夫子捧著點名冊，在行列中間走著，靜默地望望學生們的面孔，照著站立的位次，在點名冊上記下了×或◯。直至他點完一半的名，另一個值周的級任教員吳先生趕到了。他微笑地站在教練臺旁，對學生們望了一會，翻開簿子做了幾個記號，就算點過了名。隨後他穿過學生的行列，走到了隊伍的後面。

陳老夫子已經在那裡跟著大家彎腰伸臂受軍訓了。

「老夫子的精力真不壞。」吳教員站在旁邊望著，低聲的說：「我其實只有三十幾歲就吃不消了。」

「哈哈……老吳自己認輸了，難得難得。」陳老夫子略略停頓了一會操練，回答說。「我無非是老當益壯，究竟不及你們年輕人……」

「軍事訓練一來，級任真不好幹，我們都怕你吃不消，那曉得你比我們還強……」

「勉強吧了，吃了這碗飯。你們年輕人，今天東明天西，頭頭是道，我這昏庸老朽能夠保持這只飯碗已是大幸了。」

陳老夫子感慨地說了這話，重又跟著大家操練起來。

但不久，他突然走到了行列間，按下了他兒子的背。

「往下！……再往下彎！……起來！……哼！我看你怎麼得了！……你偷懶，太偷懶了！……」他說著憤怒地望了一會，然後又退到了原處。

近邊的同學偷偷地望了一望他，對他撅了撅嘴，又低低的對志仁說：

「革命呀，小陳……」

志仁滿臉通紅，眼眶裡貯著閃耀的淚珠。

「我看令郎……」吳教員低聲的說。

陳老夫子立刻截斷了他的話：

「請你說陳志仁!」

「我看……陳志仁很用功——別的就說不十分清楚,至少數學是特別好的。他應該不會偷懶……」

「哼!你看呀!」陳老夫子怒氣未消,指著他兒子說。「腰沒彎到一半就起來了……」

「他到底年輕……近來面色很不好,老夫子也不要太緊了……」

陳老夫子突然失了色。吳教員的話是真的,他也已經看出了志仁有了什麼病似的,比前瘦了許多,面色很蒼白。

但他立刻抑制住自己的情感,仰起頭望著近邊屋頂上的曙光,假裝著十分泰然的模樣,說:

「好好的,有什麼要緊……你也太偏袒他了……」

他說著獨自循著牆走了去。他記起了前兩個兒子初病時候的樣子來了:也正是不知不覺的瘦了下去,面色一天比一天蒼白了起來,有一天忽然發著高度的熱,說著囈語,第二天就死了……

他的心突突地跳了起來，眼前變成了很黑暗。早間的軍訓已經完畢，學生已經散了隊，他全不知道。直至趙教官大聲地喊了好幾聲「老夫子。」他才回覆了知覺。匆忙地回到原處，拾起點名冊，和趙教官一起離開了操場。

「老夫子。」趙教官一面走一面說，「有了什麼新詩嗎？」

「沒什麼心事……」

「哈，哈，你太看不起我了。你一個人在牆邊踱了半天，不是想出了新的好詩，我不信！你常常唸給學生們聽，就不肯唸給我聽嗎？我也是高中畢了業的丘八呀！」

陳老夫子這時才明白自己聽錯了話。

「哈，哈，我道你問我心事，原來是新詩……咳，不瞞老趙說，近來實在忙不過來了，哪裡還有工夫做詩呵。」

「你說的老實話，我看你也太苦了，這個級任真不容易……」

「可不是！真不容易呀……何況年紀也大了……」

「別說年紀吧，像我二十八歲也吃不消……哼，丘八真不是人幹的！」趙教官

的語氣激昂了起來，「自從吃了這碗飯，沒一夜睡得夠！今天早飯又不想吃了……再見吧，老夫子，我還得補充呢！」

趙教官用力拉開自己的房門，和陳老夫子行了一個軍禮，又立刻砰的一聲關上門，倒到床上去繼續睡覺了。

陳老夫子默然走進自己的房子，站住在書桌前，凝目注視著志仁的照片。「胖胖的，咳，胖胖的……」他搖著頭，喃喃地自語著，「那時面色也還紅紅的……」

他正想坐到椅子上去，早飯的鈴聲忽然響了。他可並不覺得餓，也不想吃，但他躊躇了片刻，終於向食堂走了去。他想借此來振作自己的精神。

但一走進教職員膳堂，他又記起了志仁的蒼白的面孔，同時自己的腰背和腿子起了隱隱的痠痛，他終於只喝了半碗稀飯，回到了自己的房裡。

上午第一堂是初三的國文，正是志仁的那一班。陳老夫子立刻可以重新見到他了。他決計仔細地觀察他的面色。現在這一班還有好幾本作文簿沒有改完，他須重新工作了。

他端正地坐下，把銀邊硬腳的老花眼鏡往額上一插，取下了一本作文簿，同時苦惱地望了一望志仁的照片。

他忽然微笑了：他的眼光無意地從照片旁掠了過去，看見躺在那裡的一本作文簿上正寫著陳志仁三個大字。他趕忙親切地取了下來，把以先的一本重又放在右邊的一堆。他要先改志仁的文章。

多麼清秀的筆跡！多麼流利的文句！多麼入情入理的語言！……志仁的真切的聲音，面貌，態度，風格，思想，情緒，靈魂……一切全栩栩如生地表現在這裡了……

他開始仔細地讀了下去，從題目起：

「抗敵救國芻議……題目用得很好。」他一面喃喃地說著，「態度很謙虛，正是做人應該這樣的……用『平議』就顯得自大了……論抗敵救國……抗敵救國論……都太驕傲……用『夫』字開篇，妙極，妙極！……破題亦妙！……承得好，這是正承……呵，呵，呵，轉得神鬼不測！……誰說八股文難學，這就夠像樣了……之乎者也，處處傳神！……可悲，可悲，中國這樣情形……」他搖著頭。「該殺！真是該殺！那些賣國賊和漢奸！……」他拍著桌子。「說得是，說得是，只有這一條路了——唔！什麼？他要到前線上去嗎？……」

陳老夫子頹然地靠倒在椅背上，靜默了。

他生了三個兒子，現在只剩這一個了。還只十七歲。沒結婚。也沒定下女人。

「糊塗東西！」他突然瘋狂似的跳了起來。「你有什麼用處！何況眼前吃糧的兵也夠多了！……」

但過了一會，他又笑了：

「哈，哈，哈……我忘記了，這原來是作文呀，沒有這句話，這篇文章是不能結束的。……這也虧他想得出了……然而。」他說著提起了紅筆，「且在『我』字下添一個『輩』字吧，表示我對他的警告，就是說要去大家去……」

他微微地笑著，蘸足了紅墨水，準備一路用圈和點打了下去。

但他又忽然停止了。他知道別的學生會向志仁要卷子看，點太多了，別人會不高興，因為他們是父子。

地方。

他決定一路改了去，跳剔著每一個字句，而且多打一些頂批，批出他不妥當的

但他又覺得為難了。批改得太多，也是會引起別人不高興的，會說他對自己兒子的文章特別仔細。

他躊躇了許久，只得略略改動了幾個字：打了幾個叉，無精打彩的寫上兩個字的總批：平平。隨後他把這本作文簿移到了左邊的一堆。隨後又向右邊的一堆取下了另一本，望一望志仁的照片。

他忽然不忍起來，又取來志仁的卷子，稍稍加上一些圈和點。

「多少總得給他一點，他也絞盡了腦汁的，我應該鼓勵他……」

他開始改閱另一本了。

但剛剛改完頭一行，預備鐘忽然噹噹的響了起來。

他只得搖一搖頭，重又把它掩上，放到右邊那一堆上去。隨後數了一數卷子：

「還有八本，下午交，底下是初二的了，明天交。」

他摘下眼鏡，站了起來。同時另一個念頭又上來了：他覺得志仁的卷子不應該

放在最上面。他趕忙把它夾在這一堆的中間。然後從抽屜裡取出國文課本，放在作文簿的上面，兩手捧著一大堆，帶上門，往教員休息室走去。

今天得開始講那一篇節錄的《孝經》了，他記得。這是他背得爛熟了的。但怎樣能使學生們聽了感動，聽了歡喜呢？他一路上思索著，想找幾個有趣的譬喻。他知道學生們的心理：倘若講得沒趣味，是有很多人會打瞌睡的。

「有了，有了，這樣起。」他暗暗地想，走進了教員休息室。

房子裡冷清清的只有一個工友和一個教務員。

接著上課鈴叮玲玲的響了。陳老夫子在那一堆作文簿和國文課本上又加了一個點名冊和粉筆盒，捧著走向初三的課堂去。

「老夫子真早。」迎面來了孫教員，「國英算的教員頂吃苦，老是排在第一堂！我連洗臉的時間也沒有了！……」

陳老夫子微笑地走了過去。

全校的學生都在院子裡喧鬧著。初三的一班直等到陳老夫子站在門口用眼光望著，大家才闌珊地緩慢地一個一個的走進課堂。

「哈，哈，哈，哈……」院子裡的別班學生拍著手笑了起來。
「碰到陳老頭就沒辦法了，一分一秒也不差！」有人低聲地說著。
陳老夫子嚴肅地朝著院子裡的學生們瞪了一眼，便隨著最後的一個學生走進課堂，順手關上了門。
他走上講臺，先點名，後發卷，然後翻開了課本。學生們正在互相交換著卷子，爭奪著卷子，談論著文章，他輕輕拍拍桌子，說：
「靜下，靜下，翻開課本來。」
「老先生，這是一個什麼字呀？」忽然有人拿著卷子，一直走到講臺前來。
「就是『乃』字。」
「古裡古怪怎麼不用簡筆字呀？……」那學生喃喃地說著。
「讓你多認識一個字。」
「老先生，這個字什麼意思呢？」另一個學生走來了。
「我也不認識這個字。」又來了一個學生。
「不行，不行！」陳老夫子大聲說著。「我老早通知過你們，必須在下了課問我，現在是授課的時間，要照課本講了。」

「一個字呀，老先生！」

「你一個，他一個，一點鐘就混過去了……不行，不行！我不准！」

學生們靜默了，呆坐著。

「書呢？翻開書來……今天講《孝經》……」

「講點時事吧，國難嚴重……」

「孝為立國之本……」

「太遠了……」

「我提議講一個故事。」另一個學生說。

「贊成，贊成！」大家和著。

陳老夫子輕輕地拍著桌子：

「不許做聲，聽我講，自然會有故事的！」

「好，好，好！」大家回答著，接著靜默了，仰著頭望著。

陳老夫子瞪了他們一眼，開始講了：

「靜靜聽著，我先講一個故事：一個孩子愛聽故事……」

「老先生又要罵人了！」

「聽我講下去：於是這個孩子一天到晚纏著他父親，要他講故事……」

「還不是！你又要罵我們了！」

「靜靜的聽我講：他父親說，『我有正經事要做，沒有這許多時間講故事給你聽。』於是這孩子就拍的一個耳光打在他父親的臉上，罵一聲『老頭兒』！」

「哈，哈，哈……」滿堂哄笑了起來。

「然而他父親說這不是不孝，因為這孩子還只有三歲……」

「哈，哈，哈……」大家笑得前仰後倒起來了。

陳老夫子這樣講著，忽然記起了自己的兒子。他睜大著眼睛，往第三排望了去。

他現在真的微笑了：他看見志仁的面孔很紅。

「好好的……老吳撒謊！」他想。

他愉快地繼續說了下去：

「靜下，靜下，再聽我講。……這就是所謂開宗明義第一章：仲尼居，曾子侍。仲尼者，孔子字也，曾子的先生；居者，閒居也。曾子者，孔子弟子也；侍者，侍坐也。正好像你們坐在這裡似的……」

「哈，哈，哈……我們做起曾子來了，老先生真會戴高帽子……」

「子曰：先生有至德要道，以順天下，民用和睦，上下無怨，汝知之乎？……」

「再講一個故事吧，老先生，講書實在太枯燥了。」

「聽我講：子者，謂師也，指孔子。孔子說，古代聖明之帝王都有至美之德，重要之道，能順天下人心，因此上下人心和睦無怨，你曉得嗎？……」

陳老夫子抬起頭來，望望大家，許多人已經懶洋洋地把頭支在手腕上，漸漸閉上了眼睛。

「醒來，醒來！聽我講孝經！這是經書之一，人人必讀的！」

大家彷彿沒有聽見。

他拍了一下桌子。大家才微微地睜開一點眼睛來，下課鈴卻忽然響了。

學生們哄著奔出了課堂。

「真沒辦法，這些大孩子……」

陳老夫子嘆息著，苦笑了一下，回到教員休息室。這裡坐著許多教員，他一一點著頭，把點名冊和粉筆盒放下，便挾著一本課本，一直到校長辦公室去。

第二堂，他沒有課。他現在要辦理一些文牘了。李校長沒有來，他先一件一件地看過，擬好，放在校長桌子上，用東西壓住了，才退到自己的寢室裡去。

他現在心安了。他看見志仁的面色是紅的。微笑地望了一會桌上的照片，他躺倒床上想休息。他覺得非常的疲乏，腰和背和腿一陣一陣的在痠痛。他合上了眼。

但下課鈴又立刻響了。第三堂是初二的國文，第四堂是初三的歷史。他匆忙地拿著教本又往課堂裡跑了去。

初二的學生和初三的一樣不容易對付，鬧這樣鬧那樣，只想早些下堂。初三的歷史，只愛聽打仗和戀愛。他接著站了兩個鐘頭，感不到一點興趣，只是帶著沉重的疲乏回來。

但有一點使他愉快的，是他又見到了志仁。他的顏色依然是紅的，聽講很用心，和別的學生完全不一樣。而且他還按時交了歷史筆記簿來。

「有這樣一個兒子，也就夠滿足了……」他想。

於是他中飯多吃了半碗。

隨後他又和疲乏與苦痛掙扎著，在上第五堂初三乙組的歷史以前，趕完了剩餘的第八本卷子。

第六堂略略得到了一點休息。他在校長辦公室裡靜靜地靠著椅背坐了半小時，只做了半小時工作。

但接著綦重的工作又來了。全校的學生分做了兩隊，一隊在外操場受軍訓，一隊在內操場作課外運動，一小時後，兩隊互換了操場，下了軍訓的再作一小時課外運動，作過課外運動的再受一小時軍訓。這兩小時內，課堂，圖書館，閱報舍，遊藝室，自習室，和寢室的門全給鎖上了，學生們不出席是不行的。同時兩個值周的教員捧著點名冊在進場和散場時點著名。

陳老夫子先在外操場。他點完了名，不願意呆站著，也跟在隊伍後面立正，稍息，踏步走。

「人是磨鍊出來的。」他想，「越苦越有精神，越舒服越萎靡。」

當實行軍事訓練的消息最先傳到他耳鼓的時候，他很為他兒子擔心，他覺得他兒子年紀太小了，發育還沒完全，一定吃不起過份的苦，因此他老是覺得他瘦了，他的臉色蒼白了。但今天上午，他經過了兩次仔細的觀察，志仁的臉色卻是紅紅的，比平常紅得多了。

「足見得他身體很好。」他想，完全寬了心。

這一小時內的軍訓，他仍然幾次把眼光投到志仁的臉上去，依然是很紅。

早晨受軍訓的時候，他看見志仁懶洋洋的，走過去按下了他的背，經過吳教員一說，心裡起了不安，覺得自己也的確逼得他太緊了。但現在，他相信是應該把他逼得緊一點，可以使他身體更加好起來。他知道志仁平日是不愛運動，只專心在功課方面的。

「身體發育得遲，也許就是這個原因了。」他想。

因此他現在一次兩次地只是嚴肅的，有時還含著埋怨的神情把眼光投到志仁的

臉上去，同時望望他的步伐和快慢，暗地裡示意給他，叫他留心。

志仁顯然是個孝子，他似乎知道自己的行動很能影響到他父親的地位和榮譽，所以他雖然愛靜不愛動，還是很努力的掙扎著。這一點，陳老夫子相信，只有他做父親的人才能體察出來。

「有著這樣的兒子，也就可以心滿意足了。」他想。

於是他自己的精神也抖擻起來，忘記了一切的苦惱和身體的疼痛。

只有接著來的一小時，從外操場換到內操場，他感到了工作的苦惱。現在是課外運動。學生們全是玩的球類：兩個排球場，兩個籃球場，一個足球場。他完全不會玩這些，也不懂一點規則，不能親自參加。哪邊輸哪邊贏，他雖然知道，卻一點也不覺得興奮，因為他知道這是遊戲。他的卷子還有許多沒有改，他想回去又不能，因為他是監視人。他一走，學生就會偷跑的。

他只好無聊地呆站在操場的門邊。這裡沒有凳子，他又不願意和別的教員似的坐在地上，他覺得這於教員的身分有關。

這便比一連在課堂裡站上三個鐘頭還苦了，因為上課的時候，他把精神集中到了課題上，容易忘記疲乏。現在是，疲乏完全襲來了。背和腰，腿和腳在猛烈地痠痛，腦子裡昏昏沉沉的一陣陣起著頭暈，眼瞼疲乏地只想合了攏去。他的背後就是牆，他非常需要把自己的身體靠到牆上去。但他不這樣做，因為他不願意。

直至散場鈴響，他才重新鼓著精神，一一點完了名，跟著學生和教體育的馮教員走出了操場。

「老夫子什麼都學得來，打球可沒辦法了，哈，哈，哈……」馮教員一路說著。

「已經不中用了呀。」陳老夫子回答說。「哪裡及得來你們年輕人……」

他走進房裡，望著志仁的照片，微笑地點點頭。喃喃地說：

「你可比什麼人都強了……」

他坐下，戴上眼鏡，拿了筆，想再開始改卷子。

但他又忽然放下筆，摘下眼鏡，站起身來：

「差一點忘記了，了不得！……今天是校長三十八歲生日，五點半公宴，現在應該出發了……」

他脫下制服，換了一件長袍和馬褂，洗了臉，出了校門，一直往東大街走去。兩腿很沉重，好不容易才挨到了杏花樓。

「五點半了！」他懊惱地說，「向來是在約定時間前五分鐘到的……」

但這預定的房間裡卻並沒別的人來到。陳老夫子知道大家總是遲了半小時後才能到，便趁著機會休息了。他閉上眼睛，盤著腿，在喧鬧的酒樓上打起定來，彷彿靈魂離了軀殼似的。

然而他卻很清醒。當第一個同事走上樓梯的時候，他已經辨出了腳步聲，霍然站起身子來。

「我知道是老孫來了，哈，哈，哈，遲到，該罰……」

瘦長子孫教員伸長著脖頸，行了一個鵝頭禮，望了一望四周，微笑地翹起大拇指，說：

「除了老夫子，我是第一名呀！」

「哈，哈，哈！難得難得，足下終於屈居第二了……」

「那麼，小弟就屈居第三了……」吳教員說著走了進來。

「哈，哈，哈，老吳遲到，才該罰呢，老夫子！」

「我是值周呀！」

「老夫子也是值周，可是老早就到了。怕是到你那 Sweet heart 那裡去了吧？」

「Sweet heart！」吳教員興奮地說，「窮教員休想！這碗飯不是人吃的！教員已經夠了，還加上一個級任！飯也吃不下，睡也睡不夠！一天到晚昏頭昏腦的！」

「老夫子還多了一個文牘，你看他多有精神！」孫教員說，又翹起一個大拇指。「他例外，誰也比不上他。他又天才高。文牘，誰也辦不了！」

「好說，好說。」陳老夫子欠了個身。「文牘無非是『等因奉此』千篇一律。功課也只會背舊書，開留聲機……」

「你老人家別客氣了。」孫教員又行了一個鵝頭禮，「你是清朝的附貢生，履歷表上填著的，抵賴不過！」

「哈，哈，哈！」陳老夫子笑著說，「這也不過是『之乎者也』，和現在『的呢嗎呀』一模一樣的……」

「老夫子到底是個有學問的人，處處謙虛，做事卻比誰負責。」孫教員稱讚說。

「笑話，笑話。」陳老夫子回答說，「勉強幹著的，也無非看『孔方兄』的面上。」

「這是實話，老夫子，我們也無非為的 Dollars 呀！」

「哈，哈，哈……」門口一陣笑聲，範教員挺著大肚子走了進來，隨後指指後面的趙教官：「你們海誓山盟『到老死』只要他一陣機關槍就完了。」

「那時你的生物學也 Finish 了！」孫教員報復說，「他的指揮刀可以給你解剖大肚子的！」

「嗚呼哀哉，X等於Y……」吳教員假裝著哭喪的聲音。

「別提了！」趙教官大聲地叫著說，「丘八不是人幹的！沒一夜睡得夠！啊啊！」

「大家別叫苦了！」門口有人說著。

大家望了去：

「哈，哈，財神菩薩！」

「軍長！祕書！參謀長！報告好消息！」李會計笑瞇瞇地立在門口，做著軍禮。

「鳥消息！」趙教官說。

「明天發薪！」

「哈，哈，哈……」

「三成……」

「嗤！……」

「暫扣三分之一的救國捐。」

大家沉下了臉，半晌不做聲。

「苦中作樂，明晚老吳請客吧，Sweet heart 那裡去！」孫教員提議說。

「乾脆孤注一鄭，然後誰贏誰請客！」趙教官說。

陳老夫子不插嘴，裝著笑臉。他不想在人家面前改正趙教官的別字。

這時李校長來了，穿著一套新西裝，滿臉露著得意的微笑，後面跟著兩個教員，一個事務員，一個訓育員，一個書記。

「恭喜，恭喜！」大家拍手叫著，行著禮。

「財政局長到我家裡來了，接又去看縣長，遲到，原諒。」

「好說，好說，校長公事忙……」陳老夫子回答著。

「有兩件公事在我桌子上，請陳老擬辦。」

「是……」陳老夫子回答著，望望樓梯口上的時鐘。

現在正式的宴會開始了。但陳老夫子喝不下酒，吃不下菜，胃口作酸。他看看將到七點鐘，便首先退了席，因為七點半鐘是學生上自習的時候。

他很疲乏。不會喝酒的人喝了幾杯反而發起抖來了，深秋的晚間在他好像到了冬天那樣的冷。每一根骨頭都異樣地疼痛著，有什麼東西在耳內嗡嗡地叫著，街道像在海波似的起伏。

到得校裡坐了一會，才感覺到舒服了一些，自習鐘卻噹噹的響了。

他立刻帶下幾本卷子和點名冊往自習室走去。這裡靠近著院子門邊有一間小小的房子，是值周的級任晚上休息的。在這裡可以管住學生往外面跑。

他點完了名，回到休息室，叫人取來了公文，擬辦好了，然後開始改卷子。

學生們相當的安靜。第一是功課緊，第二是寢室的門全給鎖上了。

陳老夫子靜靜地改閱卷子，略略忘記了自己的疲乏。只是有一點不快活，每當他取卷子的時候，看不到志仁的照片。

志仁自己就在第四號的自習室裡，但陳老夫子不能去看他。一則避嫌疑，二則也怕擾亂志仁的功課，三則他自己的工作也極其緊張。

待到第二堂自習開始，陳老夫子又去點名了。他很高興，趁此可以再看見自己的兒子。

但一進第四號自習室，他憤怒得跳起來了：

志仁竟伏在案頭打瞌睡！

「什麼！」陳老夫子大聲叫著，「這是什麼地方，什麼時候！你膽敢睡覺！……」

他向志仁走了過去，痙攣地舉著拳頭。

志仁抬起頭來了：臉色血一樣的紅，眼睛失了光，喘著氣——突然又把頭倒在桌子上。

陳老夫子失了色，垂下手，跑過去捧住了志仁的頭。

頭像火一樣的熱。

「怎……怎……麼呀……志仁？……」

他幾乎哭了出來，但一記起這是自習室，立刻控制住了自己。

「煩大家幫我的忙……」他比較鎮定的對別的學生說，「他病得很厲害……把他抬到我的房裡去……還請叫個工友……去請……醫生……」

別的同學立刻抱著抬著志仁離開了自習室。

「他剛才還好好的，我們以為他睡著了……」

「這……這像他的兩個……」陳老夫子把話噤住了。

他不願意這樣想。

他把志仁躺在自己的床上，蓋上被，握著他的火熱的手，跪在床邊。

「志仁……睜開眼睛來……」他低聲哽咽著說，「我是你的爸爸……我的……好孩子……」

他倒了一杯開水灌在志仁的口裡，隨後又跪在床邊：

「告訴我……志仁……我，你的親爸爸……你要什麼嗎？……告訴我……」

志仁微微睜開了一點無光的眼睛，斷斷續續的說：

「爸……我要……一支……槍……前線去……抗敵……」

「好的……好的……」陳老夫子流著眼淚，「你放心……我一定給你……一支槍……呵……一支槍……」

他仰起頭來，臉上起了痛苦的痙攣，隨後緩慢地伏到了兒子的手臂上。

電子書購買

國家圖書館出版品預行編目資料

河邊：垂柳的水滴聲，幽咽而又淒涼 / 魯彥著．
— 第一版．— 臺北市：崧燁文化事業有限公司，
2023.05
面；　公分
POD 版
ISBN 978-626-357-371-0(平裝)
857.63　　112006540

河邊：垂柳的水滴聲，幽咽而又淒涼

臉書

作　　者：魯彥
發 行 人：黃振庭
出 版 者：崧燁文化事業有限公司
發 行 者：崧燁文化事業有限公司
E-mail：sonbookservice@gmail.com
粉 絲 頁：https://www.facebook.com/sonbookss/
網　　址：https://sonbook.net/
地　　址：台北市中正區重慶南路一段六十一號八樓 815 室
Rm. 815, 8F., No.61, Sec. 1, Chongqing S. Rd., Zhongzheng Dist., Taipei City 100, Taiwan
電　　話：(02) 2370-3310　　傳　　真：(02) 2388-1990
印　　刷：京峯彩色印刷有限公司（京峰數位）
律師顧問：廣華律師事務所 張珮琦律師

定　　價：330 元
發行日期：2023 年 05 月第一版
◎本書以 POD 印製